僧廬聽雨
鄭華清 著

目錄

第七章 相見時難……281

第八章 現代版的波西米亞人……301

第九章 童言童語……333

第一章

課堂隨筆

古文課隨筆（上學期）

散文課隨筆（下學期）

2021／09／28—2022／06／14

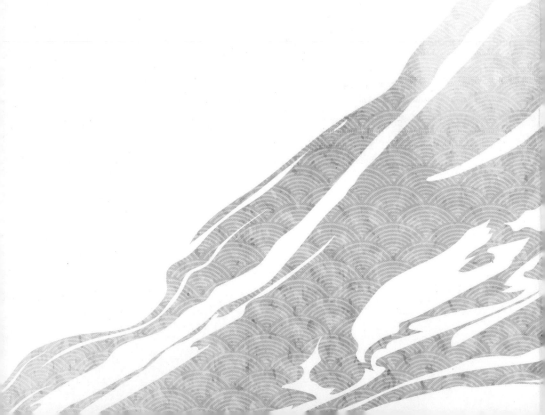

古文課隨筆

2021/09/28

敬愛的Cathy Lin老師，

我剛從何老師的宋代古文課下課，我上得很愉快，因爲我可以和老師對話，讚賞王禹偁古文的美麗與哀愁。

我還上了臺灣古典文學，老師用電腦作輔助教學，讓我收穫很多。

我覺得讀中文系看起來很適合我。

歡迎你來念博士班，追求知識的樂趣，連孔子都三個月忘了肉味呢！

今天教師節，也祝福你我教師節快樂。

希望很快就可以見到你。盼望的心情，比村上春樹的挪威森林還殷切！

祝愉快

後學 鄭華清敬上

2021／10／05

昨夜，我跟范仲淹深談了一回

昨夜，我跟范仲淹深談了一回，
改姓歸宗，
現在和一千年前沒什麼兩樣，
都是爲了財產
那你憂什麼呢？

昨夜，我跟范仲淹深談了一回，
學校設這麼多，學生不念書，
現在和一千年前沒什麼兩樣
都只想混文憑，
那你憂什麼呢？

昨夜，我和老范眞的談了一回

學問這麼好，
現在和一千年前也沒什麼兩樣，
古文八大家沒你分
你白憂了！

昨夜，我眞的和老范深談了一回，
聽說你胸中有百萬雄兵，
現在和一千年前沒什麼兩樣，
可否幫我打退騷擾邊境的敵機，
大家安靜個兩百年，
這才是你該憂的呀！

後記：范仲淹年輕時曾改姓歸宗，一生功業，建學校，興古文，守西夏，西夏讚譽，小范老子，胸中有百萬雄兵。名言是，先天下之憂而憂，傳唱千古。

請疫苗假

2021／10／21

昨天講的是司馬光的古文，老師說到司馬光為人誠誠懇懇，人品高尚。上完課，我愈來愈崇敬何老師了。

下課正要離開，突然，有同學說下星期打疫苗，要請假，不能來上課。老師就詳問說：「何必現在請假呢？早上打？還是晚上打？早上打後會不會有作用，都還不知道，等有了反應再請假也不遲」。然後說，現在人都是藉打疫苗請假，逃避一些事，學生請假，就可以不來上課。

我笑著說，「老師何必這麼清醒呢？大家都這麼做的，你也改變不了什麼，你就閉著眼睛同意就好了。」

「不行啊，總要有人站出來，說點什麼，導正一些，……。」老師說。

霎時間，我覺得司馬光分身來到眼前，正要說一些勸誡君王式的大道理。趕緊走。

有感於姚偶像小姐的生氣

2021／10／30

鄭華清

最近有網友似乎冒犯了姚小姐，她很生氣地在臉書和IG上斥責這些人，我看了很感慨，想了幾天，還是想說一說，希望大家多包涵。

我跟偶像曾經是台藝大的同學，我們有數面情誼，我還曾經和她合照過。她非常光鮮亮麗，又漂亮迷人，有她上課，教室就會光彩耀目，蓬蓽生輝。她才華洋溢，除了表演，還會書法，後來還在大學教書，報紙還大大的報導一番。

她喜歡在臉書和IG，張貼她美麗迷人的照片，她的知性世界，書法才藝，和小狗生活點滴，與網友們分享她的世界。按理說，現在網路上很多網美直播都是這樣。應該是有網友想要更接近她，錯以爲是時下網美和斗內者的互動，踏過她的紅線，引起角色錯誤的誤會。

我常常覺得網路上那些袒胸露乳，出賣妖豔肉體的網美，爲了成名賺錢，就像在街頭行走，戴上全身珠寶，滿手黃金財貨，卻要別人只能欣賞，不能覬覦，不能搶奪，這是不可能的！輕的是言語冒犯，跟蹤，親狎，重的是引來殺身之禍！

宋朝司馬光參加喜宴都不喜歡帶花，認爲要以樸素節儉爲美；他勸戒友人，不要因爲言語得罪人；他悲慟友人雖然有才氣，因爲不受重用，而才華不顯於世。所以我覺得偶像，要將美麗，以樸素簡潔面對衆人，才氣應該要低調內斂，既然要在網路上顯露名聲，就要學會跟這些覬覦者周旋或應對，常常動怒，不是上策。

這是我一點小小意見，我誠誠懇懇想要說給妳知道。希望妳有接受的雅量。

2021／11／02

今天的古文課，有談到司馬光的貓。

司馬光把貓送給友人，可是貓又跑回來。他不忍心，只是已經答應送朋友，就不能反悔。又送走。

結果，就這麼送來送去，貓也走了。

老師很替司馬光心情不捨，司馬光又說的很婉轉。

其實大家都猜不到老師推想司馬光的心思。有的學長姐很氣餒。

下課時，我跟老師說，司馬光其實才是悲劇的製造者！你想，我如果有個妾送給老師，老師不要，她又回來，我怎麼捨得再送你？老師笑著回答我，你怎麼會有妾？……結果，大家都笑了。

我想說的是，司馬光這種堅持，就像是後來的理學。理教殺人，寧可堅持一個理，失去生命也可以。太糟糕了！

2021/11/03

我昨天的糗事，今天繼續有點後勁。

幾次上古文課，我坐在左邊，我發現何老師都會向左側坐，所以我常常會被老師點到，右邊是冷宮，學姐坐那裡，老師很少會叫到。所以我就自作聰明，跟學姐換坐位，心想，左邊都是中文系高材生，我想老師就會多叫學姐，我就可以涼一點。我還學老師上課的樣子，同學們都哈哈大笑。

上課時，我特安靜，心想今天上課可以少講話了。

沒想到，今天老師竟然換了姿勢，向右側坐，結果又是我最慘，同學幫我統計，我被老師叫了八次，全無倖免。

大家都笑翻天，偷雞不成，吃屎了！

我只好央求學姐下次換回來，心裡嘀咕：那個位置風水眞不好喔！

黃崴崴

哈哈哈我們昨天有稍微討論，覺得老師應該在外面聽到你說的話

所以故意一直點你😆😆😆

老師很幽默的

花司琦

咱們老師是個幽默的人！

慢慢您就知道！

·

李宜蓁

那坐中間，看看結果會如何～😂

·回覆·鄭華清：中間有人要了

2021／11／09

今天古文課有兩件事可記。

一是司馬光的第四種快樂。一是孟子的衆樂樂，二是孔子顏回的瓢飲之樂，三是鷦鷯晏鼠之樂。司馬光第四樂是獨樂園之樂。老師要我不要忽略了司馬光最初可能退隱明志，後來能享受清風明月之美的心境轉變之樂。

第二件是，司馬光文章古樸，白居易實開風氣之先。老師談到琵琶行的故事。然後我就隨口吟了一段琵琶行，自言本是京城女，……，到老大嫁作商人婦，……，老師還誇了我兩次，有點意外，有點飄飄然的。

2021/11/17

今天是司馬光最後一講。

司馬光和劉道原的交情很深。劉死前還囑托他寫墓誌，但司馬光不願違背自己規定，藉寫序文以還劉遺願。有伯牙子期之意。

老師要我們看張繼高憶琴臺一文。並要我們表示自己看法。大家都還是猜不到老師的意思，沒能說出故事的眞諦。

這回是網路上少了一段文章。

故事是，張繼高的友人，在一個演奏會上鐘意彈鋼琴的美女，想知道她的電話號碼，女士矜持優雅彈琴，張繼高從琴聲中知道了電話號碼，告訴他的友人。多麼美麗，又含蓄，又浪漫，又有水準的邂逅。

我覺得我好丟臉！我跟本不知道張繼高是誰，還要同學，老師提醒，才看到文章。也無法體會老師說的音樂與文學的心思。

多年前，我也有一段這種豔遇，女生也是很含蓄的藉音樂表達她的意願。我卻像隻呆頭鵝，不懂弦外之音，沒有張繼高，所以也錯失了一段美麗的詩篇。遺憾啊！

2021／11／23

古文課，何老師講的是程頤的幾篇文章。

今天談的是程頤養魚和掉錢。

老師要我們特別說出程頤養魚內心的矛盾。養魚爲人所用，要如何不傷魚？想不傷魚，魚應該都放去大海，這樣又無魚可用。矛盾的愛心。

三十年後，程頤發現年輕時的仁愛初心，又反省自己有沒有作得更好？表現高度矛盾的自我要求。

掉了一大筆錢，怎麼辦？大家都說了一套話，程頤好像有點釋懷。卻被呂大臨消遣了一頓，說他體而無用！大話一堆。

我發現大師上課，愈來愈重視古人內心戲。王禹偁蓋涼亭，范仲淹建學校，司馬光送貓，寫劉道原序文，到今晚程頤養魚，蘇東坡赤壁賦裡的鳥，古人內心糾結，當時都不說清楚，千年後還要爲難我們這些小輩。

眞是的！

花司琦

是老師感嘆

現今的我們已然失去了儒家情懷……

2021／11／30

今天不是我的天，today is not my day!

晚上的古文課，又猜錯老師的意思。我以爲老師寫文章，似在誇讚曾鞏古文婉轉與抒情。結果老師一劈頭就說不是。害我趕快圓話，說老師後面有記回馬槍，說曾鞏雖然文章像歐陽修，但是沒有歐陽修的文學味，比較像道學。總算板回一城。老師還諷刺我很江湖。

我的人文課報告，也被修理了一番。說是「白寫」了。我還要重寫。

臺灣古典文學的報告，老師突然福至心靈，說早期原住民族，應該稱平埔族，對番歌很多意見，嫌我寫得啦啦雜雜的。唉，又要重改很多地方了。

今天沒贏一場。3敗0勝。勝率0

品茶記

2021／12／08

時序進入十二月歲末，友人邀我參加年度兩席日本茶道品茶會。會場濃濃日本風味，前庭梅竹，間有流水，主人按照日本習俗，先享玉露，後品煎茶，殷殷解說，輕聲軟語，和服穿梭，映照阿娜多姿，客人和我都覺得眞是舒暢！

我把品茶細細琢想。希望能夠繪製成一幅美景。初嘗煎茶，好比年輕小姑娘剛起床，睡意還濃，殘妝未盡，還留在肌膚上有些花味，薄衣未退，棉被還有些溫軟留香。第二泡煎茶，看來小姑娘已起床，上了妝，畫了香唇，口齒還留些香味。花衣裳正飄起，似有蝴蝶飛來。玉露濃情正興，卻似李淸照上了鳳凰樓台去吹簫，愁字上心頭，再回頭看見郎君回來，吹情入懷，嘴上有一絲絲淸淺笑意，暈開了心頭。

古代時候，范仲淹聽琴聲，能以琴韻知音，爲國舉賢；歐陽修喝酒，能知醉翁之意不在酒，在山水情意。白居易將琴聲化爲琵琶行，我想千年以後，我也有個品茶記，將品茶化作千絲萬縷的文字饗宴。

2021/12/07 記曾鞏的文

我跟你就要離別了，我們過去一起共同遊山玩水的日子，可能此景難再。這次你離開了，可能會有輝煌顯光的將來，你還會記得我們共有的美好時光嗎？你將來還會跟我同遊嗎？還是將來我只能一個人獨自遊歷呢？

老師一直讚賞曾鞏這篇文章的陰柔委婉，說得很情深意切，溫馨到筆墨無以銘心。嫌我們辭意不佳，沒有曾鞏的細膩深緻。

今天我只猜對一題。就是曾鞏很臭屁，拐著彎說自己文章好。用現代話來說，就是ㄍㄟ掰。學姐看起來很慘，都沒有猜到老師要什麼答案。好像小媳婦，被公婆唸了一頓。想來今晚的心情應該很鬱卒吧！

來吧，喝酒，喝完了這杯再說吧！

古文課下課

2021/12/14

古文課，我又闖禍了！

今天上曾鞏的幾篇墓誌銘，何老師一直讚賞他的文章寫作，在平淡中，看出情眞意切。洪渥他一生平和，買百畝田產給哥哥養老，妥善安置哥哥家人。朋友托付之事，一定努力辦好。可是他的命不好，小時候家貧，考試多次才考上，分到小官，又升不上去，老是被貶官，又早死。眞是坎坷的一生。

我跟老師說，我怎麼看都不像感人故事。

他買田竟然用哥哥當人頭。哥哥既然貧困，斷不會理財，突然有一大筆田產，只是害死哥哥。應該查一下有無贈與稅或遺產稅的問題。

他努力幫朋友辦事，是想廣結人緣，卻又不能升官，表示別人托付的應該都是雜事，雞毛蒜皮事，不是重要的事。人家怕他太閒，沒事幹。

結果，老師大爲吃驚，同學也不能接受，還罵我觀念有問題，錯誤想法。

我是不是太膚淺了？應該相信人性是善良的，洪渥是個可憐的好人？

2021/12/19

記一堂古文新詩課

這幾天，我的腦中偶爾都會出現何老師的聲音，像似影片殘像一樣貼在腦海沉浮。在課堂上，老師闡述他所了解的新詩。

老師緩緩的，低沉的，有感情渲染的，卻又平淡，無華樸實，不造作的唸出，聲音分四節，念的是聞一多先生的〈也許〉，詩的語調自自然然，平平淡淡，但情感激烈，表達出詩人極度的悲傷心情！如果你有過人生閱歷，就可以瞭解是多麼難忘的切膚之痛。現場氣氛相當肅穆寧靜，我們都很專心的聽何老師吟新詩，深怕在轉瞬間遺失了什麼，想要把這一刻緊緊的握住。

學姊說，應該把老師唸的詩錄起來，感人至深。

這一段的源頭是講述曾鞏的〈二女墓誌〉，曾鞏的兩個女兒都無端接連去逝，他應該是相當悲哀，但寫的文章，卻是簡短平淡。於是何老師也引述了聞一多的〈也許〉。聞一多的情況類似，女兒夭折，他人在遠方，趕回來時，見不到最後一面。千年以後，兩位學者，相似的情景，兩人都以平淡的文字，寫下內心最深沉的悲痛。

但願這個世界，沒有文字，沒有情感，每個人都是禹之聖人，聖人可以光照萬物而無情的。我把這首詩錄在後面，但望我的心也一如明鏡，可以眼皮輕睡，不曾記得這一切人世間的夢幻！

〈也許〉聞一多

也許你眞是哭的太累，
也許，也許你要睡一睡，
那麼叫夜鷹不要咳嗽，
蛙不要號，蝙蝠不要飛，
不許陽光撥你的眼帘，
不許清風刷上你的眉，
無論誰都不能驚醒你
撐一傘松蔭庇護你睡，
也許你聽這蚯蚓翻泥，
聽這小草的根須吸水，
也許你聽這般的音樂，
比那咒罵的人聲更美，
那麼你先把眼皮閉緊，
我就讓你睡，我讓你睡，

我 把黃土 輕輕 蓋著你，
我 叫紙 錢兒 緩緩的飛。

2021/12/21

我今天做錯了一些事，我很抱歉，以後我一定改善。

1. 我昨天不應該說博士班女生都是老妖怪，今天被同學們抗議好幾次。深表致歉。我已改原文了。

2. 我在人文課，表演太投入了，講話太大聲，好像在吵架。我一定改。希望阿郎兄多多原諒。

古文課老師問我們對今天的演講有何感想。我說老師講的很好。先秦的學說跟外國哲學比較，很新奇。孟子和康德比較圓善之說，但是孟子講浩然之氣，帶有神祕主義色彩，康德怎麼比。老子和海德格比存有論，那老子和莊子就是兩門了，沒有道家了。更何況後來沙特的存在主義，批判了海德格，那老子不是也受傷了。何老師也持類似觀點。他說各文化哲學思想本不相同，不太能比。這種研究現在是顯學。是個方向。但是應該是不通的。我很高興，至少我的思考是對的。

下課老師還問我爲什麼來念中文系？又不能賺錢。我說是純粹興趣，是王安石的「己然而然，君子之學也」。

我已經把日治時期的小說，散文，詩的研究連起來了，各種主義，流變都有概念了，上起課來，輕鬆自在。

差點忘了，感謝何老師請我們大家湯圓紅豆湯花生湯。湯圓節快樂！

2021／12／28

今天的古文，老師似乎愈來愈「放」了，王安石才講一段，說古人很會寫文章，像王安石和司馬光兩人，政見不同，信件往來，還是君子不出惡言。這是基本禮儀。然後王安石還是強硬，堅定立場。

後來就借古文抒發情懷，講到宋代士大夫風氣，君子之爭，卻無助於國家政治，當代古文教學理念，說到伯夷叔齊列傳，說論語，史記司馬遷，王安石對伯夷叔齊，都有不同論述。說到他自己的人生體驗，更是精彩。

伯夷叔齊傳的精華，在一個「讓」字。想要得到什麼，其他的就要放棄。孔子說求仁得仁。司馬遷借這個故事，抒發自己受辱宮刑的憤恨，爲了完成史記，讓出人生所有一切。並且感同身受說伯夷叔齊如果不寫他們的故事，就會在歷史中埋沒。這篇章是司馬遷的「天問」篇！充滿屈原離騷的味道。

下課後我跟老師說，宋代文人地位很高，但在元朝，就變成臭老九了，和妓女差不多。明代朱元璋還當朝打殺大臣，清代還有官場現形記，士風日下！老師感慨的說，不重視士大夫的朝代，政治都不會好的。

散文課隨筆

2022/02/15

我想懺悔。不應該多嘴，拉高上課調子。

今天的散文課，何老師的第一講。老師先問我們有什麼想法，學姐說喜歡三毛作品，同學說老師選的都是大師作品。看起來都沒有猜中老師想說的。

我把寒假準備寫書的進度說過，又多嘴說我的散文六個一般理論，引起老師發問，我才說了第一理論，分類理論，就引發老師非常精彩，又有深度的一席話。你可以想像一個大師，一生所學精華，發光發熱的說出，我只能用偉大來形容這堂課。

講後，老師說頭痛，疲累，像發功以後，身體內力耗盡一樣。

我覺得我把調子拉得太高了，像走進一座深山去了。我還要冷靜思考幾天，整理老師所傳授的理論，把它系統化寫出。還有些不明白的地方，要再想想。

我不知道這樣做是對還是錯？有需要這樣嗎？
謝謝老師請我們吃元宵，燈籠節快樂！

2022／02／22

似乎老師已經忘記了我要幫他寫書的事，還問我上課作筆記要作什麼？我上一講整理出來給他修正，他說是給他留底，還是還給我。看起來是忘記了這事了。完了，……

上課我又太多嘴了。老師還要求別人發言，說我講太多了。

今天講胡適的散文。老師說胡適的散文，有兩個特色，一是清楚，這事，梁實秋也這樣說。二是寫作有技巧，一層一層敍述，愈說愈精彩。老師說卽使到現在，自由與容忍，還都沒有長足進步。五四運動的精神，這二十年已逐漸被淡忘了。對國人差不多先生的習性，認爲鄉愿，德之賊也。很痛心。

我說以國民性來說，一端是差不多先生，普通人習性，可是另一端，像陶淵明，柳宗元五柳先生，不也是讀書不求甚解，大而化之的行爲。……。還沒說完，就被老師炮轟，說我錯了。

喔，我今天滿頭包，下次要帶鋼盔來上課。

2022／03／03 有毒的玫瑰花

早上，經過學校玫瑰花園，花開得很茂盛，豔麗而奔放，我看了一下，然後我伸手去摸了玫瑰花瓣，那種感覺好像摸到一緞錦織的絨布毯，只是比較薄，有一點舒服的柔軟。正當我沉浸在思考中時，後面傳來園丁人員的聲音說：老師，不要用手去摸，花瓣上很多病菌，剛灑了農藥，很毒的！

我愣了一下說：喔，有毒！

停了一下，我說：萬一我中毒了，驗一下，可以知道我中的是玫瑰花毒嗎？

園丁人員笑了！

我想起了一個我喜歡的女人，她笑起來，像玫瑰花綻放。只是，……。

美麗的玫瑰花，不只是帶刺，還有病菌，還有毒！太可怕了！如果眞的這一接觸，被玫瑰花毒死，我也願意！眞是風流韻事一樁！

2022／03／01

今天的散文課，我可是戴滿鋼盔去上課。有準備的，所以躲了不少炮火。看起來今天上的比較愉快。

老師上課就先問我們，看過胡適散文的心得。我就分三點回答說，一，胡適對白話文學的貢獻。二，胡適一心為國，強調自由民主科學。三，孝順母親，但是很多時候無法兼顧。看起來猜中了，老師對胡適的孝順有很多詮釋。

老師問我林語堂的文章，我喜歡那一篇？我說是戒菸那一篇。後來整節課都沉浸在菸酒的文采中。老師還說期末要跟我們喝酒，又說現在女性酒量都很好。呵呵，還沒喝，就醉了。

老師說林語堂的秋況時，又問我們的感想。小學弟沒猜中，被K了，不太愉快。課後，我偷偷跟他說，這種事常有的，別放在心上。被老師瞧見，說我畫蛇添足，被唸了一番。

老師似乎心情很好，多講了一個作家的故事。說公車上先來了一個熟女，大家眼光都注意這個女生。女生很得意。後來，上來一個火辣小姐，衆人目光又移到她身上。熟女被冷落了，臉色有點不好看，我們作家有心，全部注目熟女，熟女又恢復剛剛得意的表情。正在討論要看熟女還是辣妹時，我說，學姐一上車，她們兩個就都跑光光了。大家笑成一團。

2022／03／08

今天何老師的散文課，算是精彩。

首先，老師問我們對林語堂的文章有什麼批評。我答得太輕忽了。不瞭解老師用意。老師說，林語堂文章以幽默風趣詼諧聞名。但一種風格如果太過，太over，就變成缺點。老師舉他的二十四種生活快樂，和金聖歎三十三種不亦快哉作比較，似乎大家的答案都令老師不太滿意，有一個學姐和學妹比較接近。我索性就不說了。

老師還以杜甫的〈客至〉、〈贈衛八處士〉，說明杜甫出於眞誠，字字精準的美詩。

今天講周作人小品文。老師對周作人去作日本人漢奸提出另一個解釋。可能肇因他留日，受日本「新村」思想洗禮，又娶日本老婆所致。

對於〈故鄉的野菜〉與〈蒼蠅〉兩篇，老師認爲我的意見抄他的，我沒有猜中老師的想法，算被KO了。

老師要我唸〈鳥聲〉一文。我還是第一次當衆念課本課文呢！剛開始老師還嫌我念得太慢，後來我發現念慢，節奏才會對。老師作精闢解說。周作人小品文有音樂韻律，他用Nash 的詩，鳥聲，和鳥的知識，提升對北平世俗鳥叫的欣賞，用詩的意境，文學美，淨化與昇華對生活的品味。

最後，我舉〈竇娥冤〉、〈桃花扇〉故事說可不可以類推，但是，被老師打槍了。

2022／03／22

老師說昨晚失眠沒睡好，今天很疲倦，早一點下課。

他問大家對周作人的讀後心得。小學妹就說有一些她不太能體會。他老人家就說了一頓，說什麼要體會古人的智慧，尚友古人，不是所有事都要有經驗，才算體會。有點拐著彎說程度不夠似的，我立刻救援說，可以從兩點來看，一是教育理論，老師說的是替代學習，不是要去犯罪，才知道犯罪不該。二是從傳播理論來看，如果讀者不能共鳴，傳播接受會受影響。看起來有救到，老師後來也引傳播理論解釋梁實秋的雅舍。

老師說梁實秋的雅舍，後面有三四集，愈寫愈不好。想舉庾信的文章老更成，我有點吐槽的說，庾信是不得已被留在北方，回不了國，很苦，所以愈寫愈好。梁實秋是寫成名了，愈寫愈差。苦的文章好寫，樂的文章難成，古人也這樣說過。老師說，所以廚川白村才說文學是苦悶的象徵。

今天的雅舍，舉了好幾次王禹偁的黃州小樓意象，我覺得對小學弟妹們不太公平，我們是上學期教過，他們跟本不知道您老人家口味，應該是會有點小小失措。

除此之外，今晚的課，沒有太深奧的古代意識，算是輕鬆愉快。

2022／04／03

看畫賞人

一日家中閒坐，主人談閒，因連日細雨綿綿，氣溫很冷，無處可遊，主人笑說惟地下室可遊。

室不大，有兩處可玩遊，一是停車場，來往行人車輛，或避雨，或趕上班，行色匆匆。有若晚明文人張岱寫「西湖七月半」賞人，就轎夫，船夫，遊人，無景可玩，聊以調侃。

一是門口壁畫一幅，畫中琴一張，人少許，或奕棋，或字畫，花兩朵，松一株，雲若干朵，其樂融融。可供張貼布告，供雜耍。兄弟二人，常居室，品論畫，或搖頭，或吟詩，頓成雲仙，趣味無窮，遊歷樂而忘返，盤數時而不知，忘家遠近矣！頗有古代袁宏道知「郊田之外未始無春」之意境之美。

咦，奇怪，我對主人居地下室一隅，竟能作景自娛若是，則江湖之大，豈無鵬鵰飛天之志。特將之書寫以美其意。

2022/03/29

今天的散文課，上得很周折，到現在我都不知道該怎麼平靜心情。何老師要我不要亂寫了，引起不必要的聯想。唉，我只是上課塗鴉，隨手寫點筆記，這樣的樂趣也不行嗎？別人喜歡亂傳，眞的嗎？

今天先說梁實秋，老師說本來不想講，是因爲我要上課說梁的「女人」，「男人」，才讓我說。我吞吞吐吐地說了一堆。被老師ko了好幾回。老師說不要從性平的觀點來看，要從文章本身來看，梁的寫法有誇飾，戲謔，嘲諷的味道，要我們能欣賞。我有點頓悟，原來看文章是一個他者的觀點，與自我要切割。

老師還問評論梁的那篇文章，我們有沒有人看，有什麼心得？停了一會，沒人搭話，我大概知道沒人看過，我趕緊說我的心得，好在我有整理，說個畫龍點睛，看來是猜中了。

再講魯迅，講他的父親這篇。文章很冷峻尖銳。老師說他也不喜歡魯迅，可是他的文章寫得好。因爲有同學發問，覺得魯迅是批判自己，老師說沒有這個情況，是同學想多了。就說到生死之事。氣氛很詭異。老師後來問我看法，我說太難過了，我不想說。才結束這個話題。

我今天染頭髮，白變黑，被同學耶了一分鐘，還有學姐問我是不是有新戀情呀？老師還加油說長髮爲君留，短髮爲君剪，……。哎喲，我差一點想鑽到地下去。

附：老師說他今天心情很不好。難怪我吃了那麼多排頭。兩個小學弟沒來聽課。

2022/04/12

今天散文課提早上課，因爲下周老師有事，不上課，今天先補課，所以連上好多小時，又都是魯迅的文章，覺得有點沉重。

一開始，老師就打了一張大牌，問我們上課到目前爲止，各個散文作家的觀點異同。結果都沒人猜中。在楊牧的散文分類裡，胡適的說理文，林語堂和梁實秋的議論文，周作人小品文的異同比較。眞的不容易。我都沒說話。

我刻意不要多講話，老師要上魯迅課前問我今天爲什麼這樣沉默安靜，我笑著說，我沉默是因爲我充實，老師說那你說說看，我說，我開口，就會變得空虛。老師莞爾一笑，因爲這是魯迅《野草》的第一句。

不過，我猜，我可能惹禍了，我不想先講心得，老師竟然說，我不講，他就不上課。嚇死我了，我趕緊結結巴巴說《野草》的一些東西。看起來，我說的還算對。不過，小學妹講得更合老師胃口。他應該叫小學妹先說。

魯迅的文章，有他冷峻犀利的特色。我還臭屁了一段影子的心得，好像還可以，老師說可以寫個小論。我先寫個小東西，免得忘記。

老師有說到政治上的一些東西，印證魯迅憂憤的心情，勉勵年輕人努力，對時下政治人物有所惋惜。我笑著說，他們應該多來聽老師開釋！大家都笑了。

我上老師的課，戰戰兢兢，課前準備，課後寫心得。奇怪，我到底那裡出錯？讓老師說我看不起他？怎麼可能跟老天爺借膽？我答說沒有後，老師還說了一次。老師是大人物，我的偶像，學術界舉足輕重學者，我這個小人物，怎麼會給他這個錯覺呢？如果有冒犯，你老人家大人有大量，就原諒我吧！

我實在很擔心，今天的情況更明顯，老師都先問我讀後心得。所以能不講，我就閉嘴。怕搶了別人發言的機會，怕鋒頭太過，會被修理。隔天還有同學說，老師怎麼都先問我。我說：「哇！你也看到了，我都好緊張！」

2022/04/13

文學裡的影子

文學裡的影子，可以歸納成5類。

第一類，是一般人喜愛的形象，像如影隨形，影子是人們的好朋友，表示喜悅快樂，心靈相通。如李白《月下獨酌》，「舉杯邀明月，對影成三人」。蘇東坡有《花影》，也有「缺月掛疏桐，漏斷人初靜。時見幽人獨往來，縹緲孤鴻影。」。宋代詞人張先，還有「張三影」雅號，「雲破月來花弄影」、「簾幕捲花影」、「墮輕絮無影」，很美的意境。還有晏幾道「醉後滿身花影，倩人扶」更見風雅。這種人影情愛的詩詞描述，不勝枚舉。

第二類是將影子當成鬼，聊齋裡說人有九個影子，鄧乙的影子，影子想要替代主人，主人要影子作伴的恐怖情節。

第三類影子是權力者，操控的角色，能奪取別人的性命，產生令人驚懼恐慌。像「影武者」，印度小說有「影子公主」的故事，很淒美。或影子殺手，杯弓蛇影的故事。

第四類影子和死亡有關。艾略特的《荒原》顯示影子相隨，有死亡的恐懼，「你早晨的影子，跟在你後面走／你黃昏的影子，起來迎你，／我要指給你恐懼是在一撮死亡的塵土裡」。另外，魏晉時期，向秀的《思舊賦》說嵇康要死的時候，「顧日影而彈琴」，嵇康看的是生命中最後一個日影，不是他自己的影子，日影有生命終盡的悲戚。

第五類也很詭異，是魯迅的影子。你想想多可怕，當你在睡覺時，影子來向你告別，說他想要不跟隨你了，說他不願彷徨於明暗之間，說他想在黑暗裡沉沒，說他將在不知道時候的時候獨自遠行，恐怖的文學創意，如果不是有點瀕臨精神分裂的情況，是很難有這種傑出的文筆。

2022／04／26

今天的課提早一小時上，我上一堂課又下課的慢，晚餐吃得很趕，老師來時還沒吃完。

本來大家以爲魯迅終於上完了，沒想到老師來了一記回馬槍，問我們對魯迅的〈雪〉，〈美好的故事〉，有沒有新的心得。大家都被擊倒，沒人猜中。老師才說上星期課後，前思後想，悟出一個心得，〈雪〉這篇文章是抒情之作，不必一定要當成冷峻銳利之作，也可無批判之意。老師，你何等功力，上星期才練出心得來，我們這些徒兒們那能有心思想到那裡，太殺我們了！

課間，有人送點心給老師，一陣寒暄後，老師問我們怎麼沒有表達感謝人家之意？我回答說，我以爲那是他們要給老師的，我們當然不能作聲。老師唸我說，你怎麼那麼冷？我馬上補一句，老師名言，不要拒絕別人好意，先謝謝老師了。於是，感謝之後，大家都吃到點心了！

今天上顏元叔的散文，老師說了一段他和顏元叔感人的故事。很難得喔，上到現在都是和我們不認識的死人耶！從一千多年前的韓愈，歐陽修，到魯迅。老師還畫了舊時台大傅園旁的小吃店，最邊的就是顏元叔說好吃的燒餅油條店。嗯，有點《思舊賦》的感覺喔。

老師問我們顏元叔和梁實秋有什麼差別？其實說到這裡，老師似乎對同學和學長姐的回答，不太滿意，我只好救援了。這一題我有猜對。有解圍了。

在討論顏回的那篇，老師覺得顏元叔還是有傳統文人的價值觀，就對環境保護，和美國人的消費觀，多所批評。我說，我是可以接受消費論的資本主義觀點，在未來，汽車是不用加油的。老師顯得不以爲然。

老師關心小學妹，也太太太明顯了。我只唸兩段課文，就怕小學妹在線上聽不見，不讓我唸，他親自念課文。最後下課前還問了小學妹吃飯了沒？

老師，我們很多人都還沒吃晚餐，你怎麼不問呢？

2022／05／03

這幾天疫情看來嚴重，已突破每天兩萬多人。學校也改成可以視訊上課。整個校園空空的，人很少。早上來的時候，人言大樓大門口的鎖都還沒來得及打開，前兩天又濕冷下雨，很有「蕭蕭陰雨鎖千秋」的況味。

前一堂課，只有我和兩人來，其他都視訊去了。晚上何老師的課，還有五個來，有四個同學線上上課。

老師問我們對疫情的看法。我說，既然政策上要和病毒共存，我們只能好好保護自己了。

今天的課，討論顏元叔的散文。老師說顏元叔的文學史地位，他以「文學是哲學的戲劇化」，「文學是用來批評生命的」兩句話來說明。我以爲老師高度評價顏老，看起來我又猜錯了。

我說顏老的地位在1980年代以後，似乎被遺忘了。老師很激動的說了一堆。意思是說現代很多文學批評者或因不懂顏元叔，或因個人偏好，對這類雜文的作家並不喜歡。他舉陶淵明在南北朝當時鍾嶸的《詩品》也只是中等，說明歷史會有公論的。我第一次看到老師那麼激動，好像我惹了一個蜂窩。

他倒是很高度的評價了楊牧，從葉珊時代到改名楊牧，到柏克萊精神時代，到搜索者，說明楊牧散文不斷在求變，更圓融的抒情美文。還說到簡媜、阿盛等等，這一次課，老師似乎很有歷史宏觀看文學。

還說，有機會他要重新評寫葉珊散文集。有一點我覺得怪怪的，我把葉珊散文集這本書，給老師看時，老師隨手翻了翻書，然後竟然對著小學妹說：有機會妳也好好看一下！老師，在場還有很多同學喔，你怎麼這樣明顯偏心！不叫其他同學也看看呢？下課還去跟小學妹搭訕，問她住哪裡。（嗯，可能是我多心了！）

今天的課比較有趣的是，提到顏元叔的《中外文學》，老師隨口說了一句，好像他以前也有在上面登過。我立刻估狗一番，真的耶，一九九二年八月有一篇評蕭紅的文章。然後老師有趣的回想到三十年前的事情，提到畢靜翰這個人，是他的學生，幾個女生一片尖叫，帥哥呢！一陣騷動！七嘴八舌的課堂上高潮了一陣子，熱絡了一番。學姊，不改好色輕友本性喔！

2022／05／11

昨晚的課，上豐子愷的散文，只有我和阿香，學姐來現場，其他的人都視訊上課。這種感覺還不錯，很像明朝時候，王陽明跟他的幾個弟子如王龍溪，錢德洪等人在論〈四句教〉的場景。

在線上視訊的同學，我怎麼突然有一種好像幽靈的幻覺，你想想，同一個空間，聽得到聲音，看得到影像，但是不存在實體。有點詭異。哎，我想太多啦。

我昨晚上完課，其實心情是很難過的，有一種不管你做什麼都是錯的，你怎麼做，別人都不會滿意，被挑剔、嫌棄的失落感，好像被打了好幾下耳光。我想起若干年以前的悲慘人生，那時候在被死對頭修理，心情很鬱卒。跟豐子愷的平靜舒坦心情，是截然不同的兩種對比。

豐子愷的文章，看似平易簡單，怎麼老師上課起來，我怎麼答都不對，都掌握不到老師要的重點。其他的同學都答的比我好，老師頻頻讚許。我好像一直在水裡浮不出來，淹沒了。

老師說豐子愷給他的啟示，好像人到了深山中，站在瀑布下，瀑布水柱往下沖，把他的雜念汙穢都清洗掉，人得到清明，他不用醍醐灌頂的說法，但是願意有豐子愷的通透。

2022／05／24

疫情似乎愈來愈嚴重，每天都快九萬人，短短幾天，全臺灣超過百萬人。臺灣史的課也全部線上教授了，不能進教室上課。學校空空的，每次在學校有人經過旁邊，聽到有人咳嗽聲，就嚇得疑神疑鬼，老覺得自己喉嚨癢癢的。今天，何老師也咳了幾次。

老師說，他感到疲累，本想早點來跟大家說不上課，沒想到遇見我，發現大家都在線上了，只好上課了。

今天的課，好像我跟老師有點默契，我們都初次使用〈視點〉的概念。他用視點解釋豐子愷的〈車廂社會〉，因爲我說，大部分寫車站的文章，都與別離有關，只有豐子愷的文章，寫的是人生百態。我用視點解釋琦君的〈髻〉。我認爲，如果她在人生不同階段寫這篇，寫出來的文章會有很大不同。她年少時，跟庶母形同水火，寫來可能怨氣居多；老來時，姨娘相稱，兩人相伴同處，感慨人生變化很多。人對過去的詮釋，受到後來的看法，會重新修正。老師卻是很欣賞〈髻〉的文采。

豐子愷的山中避雨，大家都說的很好，我卻是離題太多。〈車廂社會〉中車票的隱喻本性本質，小學妹說法，比較得到老師眞諦。我用錢財權力解釋，太俗氣了。

2022／05／27

連日大雨，到處都有霉味。

老師的老師，師祖，祖師爺，怎麼好批評，更何況老師對其評價很高，從生命觀照、胞與情懷，到寫作方式，時空交錯布局，反覆思辨的鋪陳，意象運用與氣氛營造，都有很多讚美之詞。

從楊牧等人分類標準而言，林文月老師是屬於記敘類，和豐子愷、琦君一類。

1. 就記敘類來說，林文月，所寫，所接觸大都同質環境，應該歸做學院派作家。類似明朝初期臺閣體，像似宋廉簡樸明潔。有很多行爲類似台灣古典文學日治時期的作風，至少前半期受日本殖民風格影響重。與敘事類，豐子愷，琦君比。琦君縱深回憶發黃舊照。文月是水平淡彩如水。
2. 從京都的散文裡，她的寫作女性作家，有日式風格，我似曾相識，我找到龍瑛宗的〈植有木瓜樹的小鎮〉，租屋行爲相似，我研判他的內心應該有一層〈他是在台灣的日本人〉情結，他好像回到自己國家，用家鄉的語言和鄰人四處交談。那一刻，他是日本人。心情是愉悅地。就像她脫了鞋子，心境是前所未有的快樂。所以我猜書店的回憶應該是有刻意淡化認同問題。可能存在不只是認同問題。
3. 他的行爲舉止應該有若日治時代台灣士紳家族大小姐的風範，只是他少了一個貼身丫環。

他的行爲循「疏離有隔」→「忸怩猶豫」→「交融釋然」，像極了《西廂記》裡或《牡丹亭》裡的小姐，只是「忸怩猶豫」的行爲，戲裡丫環會幫她處理，眞實生活他要活生生應對，在林景仁老婆的娘惹回憶錄裡（memories of a nonya）我們也可以看到相似的影子。

4. 擅長水平式思考論述寫作。少一點縱深的思維。不同於豐子愷、琦君，給人感覺情感較淡直白。在〈白髮與臍帶〉的一文裡，少數情感濃烈作品，可惜，沒有更多縱深的思維敍述，二十歲那年夏天，不像歸有光或韓愈的文章，也不像西蒙波娃對母親《一場極爲安詳的死亡》寫母親的死強烈的表述，給母親梳頭髮也只有病房，洗澡。或許可以像魯迅寫他父親之死的冷峻，可惜了！以他的文筆應該可以更好的敍述。

5. 從孤寂的角度來看，（老師說了幾次，給我很深感觸，二〇二〇年代以後，因爲疫情所造成人與人連結的疏離，）回頭去看林文月的時代，在日本京都的一年，一九七〇年，包括去天城山，應該是她最快樂的時光，在這時候她建立各種與日本人的友誼，解決疏離的孤寂。後來借由作菜，食物，傳遞她跟人的情感，如父親家人相處，建立一條新的情感抒發管道，她寫的很詳細，細膩，借由作菜的過程，把她的情感包在裡面，傳遞她對家人的愛。隨著退休，去了美國，一九九三，就逐漸淡了。

2022／06／01

昨晚的散文課、一小部分是上琦君、一大部分是上林文月散文。琦君的部分主要是補充說明〈一對金手鐲〉和〈髻〉這兩篇的特殊性和共同性。老師歸納〈髻〉這篇的感人因素，在情的書寫，抒情引發共鳴。

沒想到我一時多話，問了一句，這種抒情是陸機的〈情緣論〉還是六朝〈物色論〉，引發老師一大篇說論。不好意思，各位同學。

林文月是老師的老師，老師似乎陷在過去美好的時光，細數過去和林老師相處的日子，一些小事如數家珍。如跟她的先生一起去通化街夜市吃東西；喝醉酒睡在林老師家；林老師第一次代課的緊張，老師和他討論寫作，林老師居家穿著與做菜的情形，……。有一種濃濃的白先勇《臺北人》的味道。

我突然想起以前和我的老闆回他老家鼓浪嶼的情形，幾乎是一模一樣。說的人都有一種興奮，激動，眼睛好像在看你，其實不是在看你，他看到的是以前的光景。他不是現在的他，而是當年青春的他。好像他重新回去當年和林文月在一起的時光，當年林文月三十多歲，美麗風靡全台大，老師二十幾歲小伙子，恨不得告訴你一切，告訴你他從前的樣子，他的生活，他的歡喜與懷想，恨不得回到過去。

老師的老師，已經九十歲了，看樣子，她還會很長壽的。
於是這課，就在這種奇怪的感覺中下課。

2022/06/07

雨，大雨，傾盆大雨。

晚上這一講，老師的心情似乎特別愉快，說話的語調，也很平和，沒有前幾次上課的疲累或負面的聲音。林文月無所不在。

〈遙望〉這一篇，有同學說抽象一些，深了一點，看不懂，有的同學說這種當下應該是發呆。老師花了很多語彙，去解釋其中情境，比較像是敍述性解說。

老師最後問我，我說這篇散文的意境，很像用近體詩中的「絕句」寫法，在一個很短的時間和空間，捕捉一瞬間的情懷。這種往復的思慮，很有川端康成的風格。我的發言，還沒說完，好像觸動老師的神經，老師說了一堆林文月受到日本文學影響的話。

我說同學以爲困難，是因爲人生體會還不到，人要過了中年，才會有這種瞬間的感觸。在一大堆忙碌或紛擾中，體會到片刻的寧靜。我也是當年在上海的車水馬龍中，清晨片刻寧瑟，差一點忘了身處何境。我用「漂泊感」和「自我存在知覺」來解說，老師沒有要我再說下去，說也有人是早慧的，不必要等中年以後。

似乎大家也都很喜歡〈步過天城隧道〉這一篇的寫作。老師特別講述了一番。文章中用了很多優美的長短句，電影導演手法，川端康成的文章，謝靈運的山水寫法，蘇東坡的夜宿燕子樓感懷。老師講解太理智了，不太能體會和情人走過隧道的感覺，不太能體會女生脫掉鞋子走路的釋放心情。

我喜歡她邊走邊數隧道幾步的感覺，尤其是最後一段，拎著鞋子，赤腳走過道路，心情輕快，前所未有。好像我跟她走在一起，一起數著步伐。看著自己的愛人赤腳在林間跳躍飛舞，她說的那段話，好像自己的愛人也曾經對我說過，我永遠記得那一刻的美麗情景。糟糕，我又分不清虛幻跟眞實了！

最後，記一下我的豬頭事，我竟然忘了提早上課這事，慢了二十分才進教室，大家早已上課了。我的人緣應該很差，我就在隔壁研究室看書，竟然沒有人經過時要敲門一下，罪過！罪過！

2022/06/13

爲了印證我的觀點，我還回去看了〈白馬湖之冬〉與劉鶚〈大明湖〉。從自然的觀點，林文月這篇像是掛了許多綴飾，像是濃妝豔抹脂粉的女人。走天城隧道弄錯了，這些情思算是預設的。她要伊豆舞孃或天城山的情還是故事，我猜，可能是伊豆的景色，過隧道，她沒有要薰舞孃的情。天城山糾結的人事。只有赤腳這段最見眞情。才思，麗辭，俱見。似無意盡留滋味的感受。

我學文學批評，讓自己有個眼鏡看這個世界。

學期到這個星期就要結束了，我很惶恐。我猶豫到底回林口？還是留在台中繼續找工作，看來人家也沒有要我。我想留在學校看些書或寫些東西，可以讓自己再進化一些，提升自己的層次。散文書也在印了，下一步要做什麼呢？

2022/06/14

這是學期最後一堂課了，我的隨堂筆記也要告一個段落了。似乎老師拖著疲累身子上課，實在不忍心，課中，我還勸老師休息一下。

說了一些林文月的〈步過天城山隧道〉，義奧邊界，後講〈翡冷翠在下雨〉，我心情起伏很複雜，看到老師這麼讚美林文月，把我要說的話都吞進去了，深怕萬一批評了老師的偶像，以後日子怎麼過，又想到我臭屁說去過翡冷翠至少三次，害老師本來要說他也去過翡冷翠的故事，沒說了，老師下課還叫我以後說話，要先想一想再說出口。慘囉！

我的翡冷翠故事，看來只有夜深人靜時自己享用了。

今晚有點趕課的味道，徐志摩的散文就只上一篇，〈北戴河海濱的幻想〉，接著就是余光中的冷雨。不過，有兩個特點可以說一說。

一是，徐志摩的這篇用快慢節奏的讀法，感受文字的優美，算是第一次領略，感覺不錯。老師叫小學妹唸，她在線上用她那略有沙啞，帶一點磁性的中音，聲音乾淨的像是初夏的天空，先緩慢，後逐漸增強，真的有點像在唱歌。更何況她真的得過學校歌唱比賽第一名。才女耶！真是不錯。

二是，老師竟然把余光中的冷雨，解釋成打擊樂器音樂韻律的嘗試，和徐志摩這篇比較。很新鮮。我以前嘗試過把余光中這篇冷雨，和琦君聽雨，豐子愷避雨，周作人聽雨做比較。我還預想可能和林文月〈翡冷翠在下雨〉的雨景做比較，結果都不是。意料之外。

課程就在余光中的音樂形構中結束了，老師還說後續會再補充楊牧，簡媜，張秀亞等人的一些作品給我們參考。

遺憾的是，我的期末報告，散文的一般理論，我以爲有很多創見，被打槍了，老師說我亂寫，退回來了。只好，將來再修改了。

第二章

散文創作

1. 驚魂記

這件事現在回想起來，還心裡怕怕的。

當我下樓時，電梯門打開的時候，上半部是漆黑的一片，下半部透著一些昏弱的燈光，暗昏土黃色的印象，四周不是我平常看到的明亮的大廳，輕薄的音樂，配上學校外面花園的綠樹紅花，我確實有點被眼前的景象嚇到。腦中浮現一幅驚愕的畫像，一個人兩手捧著臉，眼珠占據半個臉的那張畫，一下子想不起來是誰畫的，名字好像也被嚇跑了。

我定下心來看，四邊是鐵板門，乳黃色的，一片一片，平常我都沒機會看到全部，現在看到了，還是陌生。感覺像四個固特異輪胎的大巨人，層層捲捲的鐵門像手臂，擋住我的去處。我發現自己有點呼吸困難，好像吸不住下一口氣，快斷氣了，怎麼辦？萬一沒辦法呼吸，怎麼辦呢？我退回來幾步，不太確定步伐踏到電梯裡面去。

我閃過一個念頭：求救！我看到應該是右邊，不，左邊，有個四邊形的電話號碼，我趕緊撥110，不通，打錯了？咦，我愣了一下，錯了，我看到右上方寫2734，我用力的按2、7、3、4，我按了兩次，急迫的叫著：「喂，有人嗎？」「有人嗎？」沒有聲音，再看到另一個號碼，1289，我又按了好幾次，這個好像是按到修護組的，還是沒有聲音，怎麼辦？又沒有聲音，我該不會被困在這裡，呆上一夜，唉，連在這裡也被欺負。我感覺好淒涼，有一股幽幽的辛酸浮上心頭。

我要冷靜，冷靜一下，想想怎麼辦？我先回九樓研究室，至少有地方呆，再打手機求救。萬一不行，我只好睡在這裡，先上樓再說。

奇怪，怎麼會被關起來呢？不是說四點才關門嗎？明明我剛剛才出去吃過飯，剛剛才坐下來，我記得很清楚，我才把第二章的文獻探討寫完，老師說這裡要多個理論基礎，我才想好，寫了結論，對自己突然靈光乍現，弄了一個新解釋，心裡正爽著，嘴上浮出一些笑意，這次應該不會再被老師退稿了吧！

才關了電腦，抬起頭，怎麼天是黑色的，最近視力模糊，老看不到東西，可能是這樣吧！我還慢慢來，走去上廁所，我斜眼看隔壁的教室，早上還亮著燈，現在怎麼都是暗黑的？突然間，有一個念頭跑進來，會不會有東西突然出現，跑過來，跟我打招呼？去廁所的時候，我是有這個念頭閃過，冷了一下，安慰自己，沒事，學校怎麼會有不乾淨的東西呢？

走道上黑黑暗暗的，沒有人，也沒有聲音，空氣悶悶的，現在想想，還眞不舒服。我看著每間教室上面的燈有沒有亮著，眞都沒有人！

正在快要絕望時，咦，還有一間教室是亮著，會不會是鬼，鬼打牆，假的？我到現在都還很懷疑那個老師是眞的，是專門等我關門的，是一個幻覺。

我想，管不了了，「我有救了！」

平常我都會先敲門，再喊話，「裡面有人嗎？」，這時候，我低頭看到慌張的自己顫抖的手，不聽使喚，急速的就先去開門把，也沒敲門。打開門一小縫，一眼看到桌子上一堆文件紙張，裡面的角落坐著一個男老師，戴眼鏡，約莫四十多歲，我不知道他是不是老師，反正喊聲老師不會吃虧的。

「我被鎖住了，請老師幫忙開門。」

「你往側邊的樓梯，就可以下去了。」老師看著我，不太相信的眼光說。

「好。」

幾秒鐘，他想了一下，似乎改變心意，說：「你有沒有卡，要刷卡才能出去。」

「沒有，怎麼要卡？」我有點吃驚還要卡，

「請老師帶路吧。我沒有卡。」我立刻直覺反應。

老師起身，幫我帶路，走到樓梯邊的電梯，他還問我：「怎麼會這樣晚？」

我說：「我在寫報告，忘了時間，沒想到一抬頭，就天黑了。」

「好用功！」老師停了一下，問：「你知道幾點關門嗎？4點半。」

我看看時間，5點42分。我嚇了一跳說：「哇！怎麼一下子就5點半了。對不起，下次會留意。」

下樓梯的旁邊，有一個四方型的控制器，老師很熟練的刷了一下，嗶一聲，門開了。但是警鈴聲響了，這時候，再大的警鈴聲我也沒關係了。

門小小的，一個側身的寬度，我閃個身出門。這時候，空氣是冷的，氣溫下降，冷風吹過臉頰，我都覺得好溫暖，我出來了！我好像被關了幾百年，放風出來，自由了。我沒有回頭看，我也不敢回頭，快步的走，我怕不小心又會被抓回去。我快快的走，沒有回頭看，我怎麼樣都不回頭。……。

2. 失戀第三十天

我一直想，今天分手第三十天，她會不會良心發現，然後打電話來問我說：「你好嗎？」「你過得好不好？」

可是我等了又等，就是沒有，沒！

從早上起床就開始幻想，萬一這時候她打來，我要說什麼？過了中午，就會太陽下山，「怎麼還沒有打來呢？」到晚上10點多，我有點失望了，心想：「她大概太忙了吧，沒關係，她會記得的」，然後在失望中絕望去。「不會再打來了！」

咦，我好奇怪，書上明明說用這一招有效啊，說他的女朋友在第28天出現，求他復合，怎麼我的故事就是不同的版本呢？

上個月的今天，我下定決心，不要再這樣癡心想念她，想見她一面，即使是5分鐘，1分鐘，她都說不！我心裡很不是味道。

她現任的男人，比我多認識不到二個月，就和他愛得死去活來，對方是個國小老師，剛離婚，有兩個小孩，三歲和五歲，他還跟前妻在贍養費，孩子歸誰，錢的問題，吵得不可開交，他們倆最多一個星期見一次，輪到孩子的媽媽來看時，他還不能和她見面，在孩子面前還不能說是她是新媽媽，或新女朋友，不能見到男方的家人，朋友，出門還要保持一段距離。這是哪門子的愛情呀！他和前妻常常糾紛，還都遷罪於她，不理她，她都連續打電話給那個男的，男的都不接，她就心情很差，還繼續跟他！偶而還會跟我訴苦說她心情不好。

我就是小三嗎？備胎？連見個面也不行，電話一不聯絡，那女的也就沒找我了！我就這麼不值錢，一封電話也沒！以前每天電話來去，都還跟我哈拉哈拉，弄得我心癢癢的，傳一些漂亮的卡通圖案，叫我honey，還說體貼關心我，現在竟然一去就不再回頭！我跟她說過，我可以讓妳享受好生活，不用受那種氣，沒有地位，沒有尊嚴的愛情。她回我說：「愛上了，愛得卡慘死！」眞是愛上了？我哪一點比他差？是不是我年紀大很多？我承認我年紀大，可是，妳的前幾任，也沒有多好，都是渣男。女人眞的只愛渣男，愈渣愈愛，這是什麼世界啊？

剛開始斷絕聯絡時，我每天三不五時都會去看賴（line），希望她打來關心一下，手機一有鈴聲響，我心中都會顫抖一下，有個OS說「打來了！」結果都不是，就會很失望，然後就會像有一隻螞蟻爬呀爬在腦袋裡，爬在全身，那種感覺就像我以前在戒菸一樣，整天沒精神，很難受，聞到煙味都會感動到流眼淚！

我每天都盼著她打個電話，只要她打來，我發誓，我什麼都會答應她，那怕是到月球去摘星星，我都願意！

有時候，我忍不住想打電話給她，向她下跪認錯，我不該想出這個餿主意，我不敢惹她不理我，只要她肯原諒我，我又可以回到每天過這有人噓寒問暖，每天有人跟我問安，說甜蜜蜜的話，說想我的那些纏綿話，日子就可以回到從前，日子就可以醉生夢死！

可是，可是，我實在很不甘心！我眞的那麼不値錢，連一通電話也不願意，爲什麼所有的事都要我低頭，所有的事，都要我退讓呢？他有那麼値錢嗎？妳就拚命打給他！只不過早我不到二個月的感情，又不是二年或二十年的夫妻情！

我還是很糾結，在悔恨與不滿中度過每一個沒有消息，但是滿腦子都是她的日子，剛開始還會想，這時候她應該回到家了吧！這時候她應該在洗香香了吧，這時候她應該在做飯，這個時候她應該在敷面膜，然後空氣中卻是一片沉寂，在昏暗的日子中呆去，心中僅有的火種，逐漸熄滅。

三十天了，三十天了，有時候我會慶幸自己斷得明快，沒有陷入太深，沒有財物損失，沒有身敗名裂，也算是一了百了，乾乾淨淨。只不過這樣，禁不起考驗，我對我自己的行爲也很看不起，冷笑對自己說：「君生日日說恩情，說甜話，才不過幾天就已經隨人去了，竟然就這麼輕易的了斷了！不値錢啊！」

不甘心又無奈！

3. 女博士的戰爭

這一天寒流來襲，到處冷颼颼，辦公室下午顯得很清閒安靜，我在整理學生作業，後座的B老師也在忙著算學生成績。兩點多，A老師從外頭進來，表情看起來有點得意，好像打了一場勝戰回來，迫不及待的想要跟人分享，看起來是對著我和B老師講話，可是好像又像跟空氣說話，我不知道要不要接腔。

A老師音調有點高的說：「好幸運！好家在，剛剛我去登記臺語師資培訓班，簡章上說兩點才開始報名，我那死鬼老公就一直催，要我提早到，沒想到一點半不到就開始登記了，我要是眞的兩點到，搞不好就額滿了！好家在！」一副很高興的樣子。

B老師連頭也沒回看她，應了一聲說：「不錯啊！妳登記到了！」看似無意的應酬話。大約有三秒鐘的停頓，空氣僵了一會兒。A老師似乎意猶未盡，她還想說，就踩了一點油門。

A老師帶著好像苦惱的語調，接著說了：「可是煩死了！回來車上，我老公就一直囉嗦，想邀功，說沒有他催促，我就辦不成這事了。然後又開始放送了，說他每天好辛苦，忙著接這個，送那個，說他昨天晚上在車站等我回家，天氣這麼冷，等了快一個鐘頭，好苦啊！我就回他，又沒有人要你來接，你苦什麼！老師下課較晚，又不是我能決定的。我就給他打槍回去！」

B老師似乎有點感受到動力了，回個頭說：「是這樣子啊！」這應該是很正面的訊息，表示她願意和她聊天吧！

有老公來接，這麼高調現恩愛喔！還嫌呢！

我後來想想，應該是談到「老公」這個話題上的，才有動力。

A老師看來找到說話的對象了，就繼續說了一段：「我當初要去上博士班，可是有先問過他，他也同意的。怎麼現在就怪怪的。男人啊！就是見不得老婆學歷比他高，還每次上課接來送去，還說擔心我的安危，說什麼我這博士學位，有一半是他貢獻的。我說了，將來拿到博士文憑，用剪刀，剪一半給你。」這時候的A老師擺出一副得理不饒人的樣子，還比出一刀剪下去的動作！

B呵呵笑了。辦公室溫度好像在上升中，暖和了起來！

既然打勝戰了，就繼續揮軍北上！油門繼續催下去！

A忘情地說了，好像在唱歌：「我也有要他念個學位什麼的，至少退休後有可以忙的，他怎麼都不肯，說教了大半輩子書，累死了，不想再過那種生活。我覺得男人退休後，就廢了，就沒有動力，窩在家裡。女人不一樣，女人退休後，孩子也大了，忙了大半輩子，都是爲別人，現在就想要過自己的生活，就會想往外跑，不想蹲在家裡！」

看起來這一段很引起共鳴，B老師也熱絡了起來。

然後兩個女人好像有了共同的敵人，就開始抱怨先生，一個說上菜市場從來不幫忙拿菜，從來不進廚房，一個說她先生管東管西，好像怕她跑了似的。……。

「喔，砲聲隆隆，」我就不說了！

我現在想起來，覺得A老師有點小人得志的樣子，接著語氣就有點像上菜市場買東西，嫌東嫌西的樣子，說：「我們那個是個急郎中，什麼都要提早到，早個一兩個小時，兒子也抱怨，每次同學聚會，他都比人家早到一個小時以上，很無聊耶。我們去吃酒席，也要趕早，早個一兩小時到，人家還以爲我們愛吃鬼呢！他說每次他會很焦慮，擔心遲到，就會一直催，一直催，我都給煩死了！有時候趕得急，就會落東西，結果又要跑一趟，給他催得心煩意亂！」

B老師笑笑地，好像遇到知音，馬上接著說：「我那老公，做什麼都慢吞吞的。不像你老公都會早到。每次朋友聚會，他都要東摸摸，西摸摸，然後遲到個15，20分鐘，都覺得很正常，每次一到，大家眼睛都在看我們，我眞想鑽到地下去，好丟臉！這麼多年了，也改不了！」

「嗯，怎麼開始比較起來，還有對照組呢？」我心裡有點納悶。

「我來念這個博士，他倒是沒說什麼，好像事不關己，我每天只要買菜，煮三餐給他吃，把他伺候好，他就悠哉悠哉的，什麼都不管不問。只是上次我要去大陸發表論文，他說什麼都要跟來，我說我去發表論文，你又不能做什麼，我問過指導教授，她說機票餐旅費自付就可以跟，這樣他也要跟來，就給他跟吧！」B說到這裡，不自覺的笑了，笑得很燦爛，應該是有點得意。

A老師好像不甘示弱，說：「我上次去日本發表論文，我那個也是跟緊緊，說什麼都不讓我一個人去，我說有老師，有同學，有什麼好放心不下的，再說會場在大學校園內，你又進不去，你會很無聊的。最後凹不過他，他也跟來了。」

咦，我怎麼感覺這時候有點較勁的味道。空氣中有點煙硝味。

這一個下午，閒閒地聽兩位女老師打戰，還是女博士喔，嗯，挺愉快的。

女人啊！甭管學歷再高，工作再好，話題總離不開她的先生，抱怨歸抱怨，還離不開她的男人的！

4. 阿娟

當落桐飄如遠年的回音，恰似指間輕掩的一葉

——鄭愁予〈當西風走過〉

阿娟是我的第一個女朋友，也是我的初戀。這一段情感，我把她藏在心裡很多年，我幾乎很難完整記得她的容顏了。趁我還有點記憶，把這個深藏在心底的影子，拼湊出來。唉，日子怎麼過去得這麼快！

1977年，那一年我考上政大企管系，當了班代，有人找實踐祕書科的女生去郊遊，去爬皇帝殿。她是她們班的聯絡人。

爬山的過程，我們聊了很多，我很喜歡這個女生，她好有氣質！聊什麼我大都忘光了，只記得牽她的手爬山走石頭路時，覺得她的手好滑潤，好細緻，纖纖長指，握起來很舒服，聲音也好好聽，到現在都難忘。回家的公車上，我們互相留下聯絡電話和地址，開始了一段生命的旅程。

那時候最快樂的，最盼望的一件事，就是周六下午五點多上完課，我就可以搭指南客運208線，由木柵開到大直，去大直找她。路很長，一個多鐘頭，經過很多燈紅酒綠的地方，我的心充滿期待，隨著距離愈來愈近，心情愈來愈快樂。因爲我知道，接下來的兩三小時，我可以和她共

進晚餐，聽她說話，看到她的笑容，聊很多事情，一起看書，一起走過大直街頭，一起漫步在大直橋上，可以和她相依相偎！

1977年11月8日初見面，一個學期有18周，所以我們至少有十幾周相處的快樂日子！還包括假日在一起，平常打電話問候的日子。天啊！我好後悔當初爲什麼沒有記錄下來，寫字或錄影都可，當時爲什麼沒有手機這個東西呢？幸福的日子過得特別短暫而快速嗎？

我們常去圓山飯店前面廣場，遠眺大直河和圓山夜景，夜晚清涼，星月碧空，襯上大直橋彎拱的圖案，圓山古典建築，眞是美啊！

散步大直橋的兩邊，萬家燈火，數著滿天的星星，秋天的風吹拂過臉頰。

有時候，我們好像村上春樹寫的《挪威的森林》情景，只是一直走著，信步走著，沒有目的的在大直的街道上走來走去，我們走過很多店面，一起吃晚餐，書店、藝品店，好多好多的話，好像說不完，當時我怎麼那麼會說話呢！有時候，沒有說什麼話，只是靜靜地走著，有時候會拉拉她的小手，她笑起來眼睛會咪咪的，這是我第一次覺得時光應該停下來，我不想要有未來，只想永遠在此刻。跟村上春樹小說不同的是，我們的心是交流的，溫暖流在我們的雙方心裡，是甜蜜的。

因爲我讀企管系，她念祕書科，有時候，我們也會假裝我是大老闆，她是祕書，問我要如何交代一些文書作業，我還幫她寫了不少期末報告。我記得有一科人事管理的期末報告，她來不及寫完交出去，我還熬夜一個晚上趕出來，第二天一早拿去給她，她驚訝不已，感動不已。

我們一起訴說著未來的夢想，我們有聊到將來要做什麼，我將來要念研究所，想要創業當老闆。她想要工作幾年，當祕書，然後就嫁人顧家。那一段無憂無欲的日子，眞是難忘啊！

我們的情感日漸增加。

我以爲愛情就是這樣，只因身在其中，忘了要考慮現實！

寒假到了，我們相約一起搭火車回家。我回台南，她回屏東。

她家住在屏東市，家裡是開藥局的，在火車站旁。因爲她爸爸的藥局叫壽星西藥房，每次大直逛街，看到店家有擺壽星公，她都會特別興奮，眼睛充滿星星閃爍的光芒，揮動著雙手，像個小女生訴說著壽星公的故事，還有思鄉的心情。

她笑起來很甜，眼睛會迷起來，嘴角會上揚，牽動鼻子和臉頰，飄飄的秀髮會將臉遮起來，煞是好看，到現在都很難忘！

在火車上，我們交換了生日，她很驚訝我小她兩歲多！其實嚴格算來只有一年六個多月而已，我當時也不以爲意，沒想到卻伏下分手的敗筆。

如果這段感情可以來晚一點，或是姐弟戀風潮再早一點，我就可以不必受這種苦澀的滋味了！

放假回來後，她就刻意疏遠我，我就再也沒有見到她了！這一生到現在！

幾次找她出來，或請人轉達，都碰壁而回，總是推說有事，不能見到她一面！

我很清楚記得最後寄來一封信，分手信啊！

她那娟秀的字，像血一樣，刻印在我心裡。至今難忘！信裡，她送我一本書，張曼娟的《緣起不滅》。看著張曼娟的著作，總會牽動我的戀戀悲情。

我應該留下這本書的，上面有她的字，她的話語，還有她的淚水，有我年少時椎心的血淚！只是後來搬家了幾次，連書信落去哪裡，也找不回了！我後悔啊！

信很長，好幾頁，她說，她有去山上思考了好幾天，說有人讓她很掛心，卻又不得不放下。她長我兩歲，念的是二專，兩年後就畢業工作了，畢業那時，我才念大三，等我念完大學，當完兵，找工作，再要娶她，少說也要再等七、八年，女人的青春是很短暫的，她說她不能等，家裡的人也不能等，要她早日嫁人！

天啊！很像西洋情歌中的悲傷的故事，等我長大成人，女主角她就老了！爲什麼悲傷的歌都是我在唱！

如果時光可以再來，我一定不會說我不在乎的豬頭話！我一定會情眞意切，說我們可以先結婚，再考慮學業與事業，盡一切挽救我們剛萌芽的愛情！再撐幾年，就有謝霆鋒和王菲的風潮了！我就可以說服她了。再過幾年，女生大男生十幾歲，社會就能接受了，我不用留下遺憾，我會一輩子只愛一個人！

我很後悔，爲什麼當初不能多了解她緣起不滅的心意！後來有一陣子我還很恨張曼娟的，盡寫一些我看不懂的春花秋月！

納蘭性德〈木蘭詞〉說：人生若只如初見，何事秋風悲畫扇，等閒變卻故人心，卻道故人心易變。妳怎麼變心了？真叫人心碎啊！這首詞分明是在說我們的故事啊！

這段感情足足讓我心碎了一年多！傷痕才慢慢結痂！

可是，我的心頭卻是永遠有一角落藏著她！雖然她的身影愈來愈模糊，午夜夢迴時也會想起她！希望在我有生之年，可以再見到這位初戀的情人！

當兵的時候，應該是1983年，有一次出差到屏東市，我坐在公路局的車上，經過火車站，眼睛刻意找著她家開的西藥房，還眞的有一家壽星西藥房，我好高興的看著，生怕這一輩子不會再見到。看看裡面的人，有沒有一張我認識的臉龐，有沒有舊人的蹤影。不知道她嫁了沒？不知道她是否過得幸福？不知道她是否還記得我？

我一直很想去屏東找她！過了好多年，我教書了，應該是2001年的事了。

有一次去屏科大參加學術論壇，住在屏東市。我刻意的去找這家西藥房，好想希望能見到她，又很怕見了她，不知道要說什麼。就這樣忐忑的心掛著。

可惜！那時候，已經沒有這家西藥房了！遍地找不到一點跡象，問附近的人，也沒人知道搬去哪裡了，杳無音訊。原來火車站附近，已是物換星移，增加了很多現代速食店，網咖！我有點若有所失，非常惆悵！感受到「昔人已乘黃鶴去，此地空餘黃鶴樓」，徒留千載空幽幽的落寞！

故事好像應該要告一個段落了！

40多年過去了，當年那個大一，十八歲的年輕小夥子，也不再年輕了！如果還能見到妳，妳也應是已經過了半百的婦人了，縱使相見，也是皺紋滿面，鬢髮已白，應該當祖母了，兒孫滿堂。

在我的心中，妳永遠停留在當年二十歲的樣子！妳永遠是我二十歲的戀人！

感謝妳來到我的生命，豐富了我年輕的歲月，成就了我青澀的初戀。

親愛的阿娟，妳會記得我嗎？像我一樣的記得妳嗎？當夜半靜謐，妳會想起緣起不滅的這一段故事嗎？一如當年空靈的妳？

5. 我的文學啟蒙

我從小就喜歡看書，開始是一些傳記，如國父傳，南丁格爾，愛迪生之類，好像是學校借來的，我在五、六年級幫老師管學校圖書館，處理同學借書還書的事，我自己常常假公濟私，借了不少學校的書來看。

最早，最有印象的一本書，應該是三年級暑假升四年級時，大概十歲的時候，我生日的時候，爸爸送我的一本書，《木偶奇遇記》，裡面圖畫很多，很多其中故事的情節，我都忘光了，大部分故事，是後來長大才知道的。我記得最深刻的是，小木偶說謊話以後，鼻子會變長，害我以後有一段很長的時間，都很擔心說謊後，鼻子會眞的變長。那時候非常喜歡到處炫耀，弟弟妹妹同學都會來跟我借去看，我當時是有一點得意。

升上五年級後，同學選我做學藝股長，一直到六年級畢業，每學期都被選爲學藝，他們大概以爲我比較愛看書吧。當時國語日報歸我管，我常常一面吃午餐便當，一面看國語日報，吃到要午睡的時候，現在想來，這個習慣到高中一直都還維持著，我利用這幾十分鐘的時間眞的看了不少書，包括《少年維特的煩惱》，各種歷史名著，瓊瑤的系列小說。

小五的時候，我當時看到同村的小朋友有人去投稿，在《國語日報》登出來了，我很高興的去問他怎麼投稿，但是他好像不願意說，也說得不清不楚，幾番折騰，最後都沒有成行。我後來猜，應該是大人代爲處理的，所以小孩子也說不出個所以然。我長大後，也投了一些稿，全都給報社退回了，當時很是失望，受傷，我還記得躲到體育場附近的木麻黃林子裡，很傷心地靠在樹旁。

投稿這件事，在多年以後還有餘緒，還很有趣。我的兒子在小四的時候，因爲不堪媽媽逼他練鋼琴，又不能反抗，說了好多次，媽媽都不接受，竟然投書去《國語日報》抗議，抱怨媽媽要他練琴，他很不想學，深以爲苦。登出來後，當然引起一番震撼轟動議論。媽媽後來跟他妥協，練完拜爾就停止。大概小五的時候就停了。他應該很高興，得償如願了。當時我看到文章後，還大大的誇了他一下，用這種方式來處理他跟媽媽的衝突，厲害！不枉費我從小就教他要懂得如何處理困難問題！

命運這事，說來也眞是奇妙，高中時他迷上薩克斯風樂器，又回頭主動學鋼琴，還說慶幸當時有這個鋼琴的底子，讓他學樂器得心應手。後來走上音樂這條路。人生的機遇眞是很難說！

我的第二本書，是大仲馬的《基督山恩仇記》，這本書給我很大的衝擊和影響。我已經不記得從哪裡得到這本書，或是我去買的，我非常喜歡，讀了很多遍。長大後，我才知道我看的是兒童版，還有很多原版翻譯書。

他教我要忍受挫折，十年、二十年報仇不晚，而且有仇必報。小小的心靈，記取仇恨教訓。四年級時，我爸爸被別人刺傷，我還規劃好，等他出獄要殺他全家。後來爸爸跟我說，他出獄後，自殺了。總算了殺掉一段我的計畫。後來在工作上，求學過程中傷害過我的，我都記起來，忍耐起來，準備報仇，這也是我成長的原動力之一。他教我凡事忍耐，凡事盼望！2002年我去法國馬賽旅遊，還去找基督山這個小島，還幻想自己走在十九世紀法國拿破崙革命時代那個氛圍！

因爲這本書，大仲馬之外，我認識還有一個小仲馬，我還看了小仲馬的《茶花女》，當時懵懵懂懂不太能明白，長大後，逐漸心領神會，還看了茶花女歌劇呢！

上了國中以後，國一時，我們的老師是國文老師，我永遠記得她，她叫朱慶慶，她是第一個鼓勵我去考中文系的，當一個寫作的作家。我還記得那是一個天氣情朗的上午，在升旗過後，朱老師把我們留下在操場，她說她要離開這所學校了，臨別前一一對我們說了一番勉勵的話。就是這時候，他說我文筆很好，適合作文學家，要我去念中文系，將來可以成爲作家。當時小小的我，根本不懂什麼是中文系，作家是什麼，但是我知道，我很喜歡寫點東西，念點詩詞而已。

朱老師其實長得不太好看，但無礙於我對她的崇敬，她臉上很多麻子，或許是青春痘之類。眼睛小小的，細細的，單眼皮，人也瘦瘦的，一百五十多公分，不算高，比我當時高一個頭左右吧，像是很容易被風吹走。她說話很溫柔，輕輕細細的，像春天的風吹過柳絮一般，很舒服的，她是中文系的，她常常一襲旗袍裝，顯出她彎曲的線條，總覺得她飄著仙女味。她對我很好，有一次還請我去她家。她還說我的文章寫得很好，鼓勵我多寫。這應該是第一個喜歡我文章的人吧！聽說她和教數學的錢老師相戀，後來分手了，所以她選擇離開我們學校，我都沒有機會再碰過她的面了！這個人算是從我的人生舞台消失了！後來接她的國文老師，叫李西，她老是拿朱老師的交代來要求我，對我特別嚴格，改我的作文也特別嚴格。還有一次月考，規定我只能考一百分，差幾分打幾下手背，不是手心喔！那一次我考93分，足足被打了7下手背，痛到都無法抬起手來，終身難忘！

國中一年級暑假，我們學校有辦類似才幹培養營的活動，不是人人都可以參加，要成績優異，老師推薦的，才能參加。大部分同學都只有一個專才項目而已，我被入選兩個，一個是寫作，一個是朗讀，應該是少有的例外。我得過朗讀比賽全校第一名，後來到高中時，也被選爲朗誦比賽校隊，參加過學校歡迎韓國姊妹校的活動。

寫作班的老師，是個喜歡穿短裙的女老師，長長的頭髮，她坐在我旁邊改作文時時，我都可以聞到她的髮香，身體的香水味，小小年紀的我還很難專心，常常會胡思亂想，當時，我都覺得好罪惡，怎麼想和老師在一起，當時還不懂男女情愛，很像一個發情早熟的少男。

她長得高大，胸部很豐滿，身材很厚實，每次都露出大腿，白白的一截，她喜歡穿橘色紗質的裙子，身體散發出濃濃的香水味，很迷人，很多男生都喜歡看她的大腿。我其實也很喜歡她，有時候會幻想她就是我的女朋友，不像其他同學都戴著有色眼光看她，我很敬重她，因爲她很用心的指導我的文章，她也喜歡我的文章，常常鼓勵我創作。我很內疚，因爲我不記得她的姓名了！她來學校的時間很短，我當時太笨了，沒有留下她的電話，後來我迷戀其他女老師，就逐漸淡忘了這一段。偶而我還有橘色紗質短裙飄動的記憶，摻著我深深的後悔！

我陸陸續續在校刊發表了幾篇文章，我好像記得有一篇是寫我的母親，應該是反應很好。我後來有聽媽媽說，有個大姊姊有來跟媽媽打聽我的訊息，說很喜歡我寫的東西，用現在的話說，是我的粉絲。那時候寫的東西，我都有收起來，可惜的是，後來都長蟲了，被媽媽拿出去丟了！被丟的還有我的從小寫的十幾本日記，照片，我的收藏，還有我的年輕歲月啊！

我還記得有一年，我在爸爸的衣櫃裡找到兩本書，都發黃了，舊舊髒髒，還有蟑螂屎硬殼，一本是宋詞，一本是李後主的詞，我很喜歡，就把李後主的詞全背熟了，宋詞我也背了一些，主要以蘇東坡，李清照爲主，我那時候覺得柳永、秦觀等人的詞太娘了，太細膩了，太悲情了，不像男孩子的作品，所以就選擇性的背了幾首。沒想到對我一生影響很大。

我後來寫文章都喜歡引用這些詞句，也頗獲好評。當兵的時候失戀兵變，夜裡獨自飲酒，就會吟出：今宵酒醒何處？楊柳岸，曉風殘月……。我還把整句寫在水杯上。後來離開工作崗位時，記取：最是倉皇辭廟日，揮淚對宮娥。想念過去女朋友，就會唸出：落花流水春去也，天上人間。在很多時候，都可以借別人的詩酒，澆自己胸中苦悶的田野。其實我現在記得的詩句，大都是那時後背誦的，一次次的歷練，很像火燙的絡鐵，燙熟的烙印在心中的皮膚上，都很難忘記。只是現在年紀大了，歷練也隨風消逝，沒有那麼痛了，疤痕應該也結痂了。當然想背新的詩詞，也非常難，沒有那個心境，也記不起來了。

高一那年寒假，快過農曆年前，我去書局閒逛。我還記得那個書局在一個圓環道路的旁邊，車水馬龍，算是台南的大書局。我第一次接觸到瓊瑤的《彩雲飛》、《海鷗飛處》，兩本書。當時我並不知道瓊瑤是誰，剛開始是被書面精美的圖畫色彩所吸引，再來是裡面寫得很吸引我，故事裡的愛情，愛得死去活來，纏綿悱惻，對當時的我好震撼。文句又都很優美，有很多句，我後來都背得滾瓜爛熟。後來才知道瓊瑤是個大人物，小說非常暢銷，電影也瘋迷很多人。在後來的日子裡，不管是上課，放學回家，睡覺前，我都捧著瓊瑤小說來看。上課時，外面放的是教科本，裡面夾的是瓊瑤的著作。《一簾幽夢》，我是這樣看完的。我並不喜歡《煙雨濛濛》，時代距離太遙遠了。至少我把瓊瑤小說全看完了，電影也去看了。後來瓊瑤又去大陸複製她的成功經驗，捧紅了林心如等一票人，眞是厲害！我的朋友對我喜歡瓊瑤小說，都覺得很不可思議。他們很看不起瓊瑤那種膚淺的愛情小說，我們那個時代的文青，應該喜歡尼采、叔本華、卡謬、易卜生、左拉之流的書。動不動就要說上帝已死，悲劇的英雄，等待果陀，談的是卡拉馬助的弟兄、安娜卡列尼娜、罪與罰等才入流，喜歡瓊瑤小說，太膚淺了！

我最愛看羅曼羅蘭的《約翰克里斯朵夫》，我常常幻想我就是書中的男主角，和很多女孩子戀愛，喜歡貝多芬交響樂曲，忍受很多的折磨，不斷勉勵自己。高三時，我在校刊發表一篇有關的心得，大學聯考時，作文題目是一本書的啟示，我就是寫這本書，對我來說，駕輕就熟，所以我拿到很高的成績。

但是後來我就不看這本書了，能避就避。因爲這本書好像會帶給我倒楣運，每次我看這本書時，都會有災難纏身，運氣很背，我還以爲我很迷信，試了幾次，還都眞的有悲慘的事發生，我就不再看了！但是他的精神和文筆，卻是深深的印烙在我心。

我在高中時，花了很多時間看課外書籍，聽古典音樂。我去台南市圖書館借了不少書，像世界文明史、心理學、邏輯學、遺傳學、各種政治性書籍，像盧梭、孟德斯鳩，馬基維里君王論，尼采、叔本華等等，有些書有點囫圇吞棗，一知半解，可是歷史的書，卻是很有心得。高三時，歷史老師還借我他的大學用書，中國通史，我常常跟老師請益呢！我的心理學，邏輯學基礎也是在那時候奠定的，我到大學時，修了不少心理學的課，讓我後來受益無窮。至於音樂嘛，其實我應該只是附庸風雅，想拿點贈品，炫耀而已。

我的文學啟蒙，應該說相當貧乏，我沒有很好的文學家世，少數幾個國文老師青睞，沒有參加過什麼文學比賽，也沒有得過什麼傲人的大獎。附近身邊的人也都不是喜愛文學的人，或是文學的朋友，實在乏善可陳。只是像是一條小溪，靜靜地在心底流。是一條埋得很深的地下河，失落河。希望有一天，在貧脊的河床上，能夠開出美麗的花朵。

6. 我的懺悔錄

主啊！萬能的天神！我衷心地向您懺悔，請赦免我的罪！

我習慣說謊，犯了您的戒律。我很痛苦，受到良心的譴責！在需要說眞話的時候，我常常退縮！在需要勇氣面對時，我選擇了怯弱！我罪孽深重，請您不要把我關到閻羅王殿十八層地獄的地下室，我祈禱我的靈魂獲得拯救！

請聽我的禱告啊！

明明是長得不好看的孩子，我卻要讚美他品德高尙！

明明是功課不好，常缺交作業，我卻要鼓勵他很有繪畫天分，可以做藝術家！

明明是不太聰明的孩子，努力做完數學後，我還要誇讚他做得眞好。

調皮搗蛋，到處破壞行爲的孩子，我還要跟阿公說，男孩子生性活潑，長大就會好了。

明明是偸鉛筆，偸別人的遊戲卡，被我抓到，我還要跟他媽媽說，從事教育工作，就是要不斷教導孩子從犯錯中學習，導正他的行爲。還要跟小孩說，我會保護你的，以避免他被同學貼標籤。

明明是尿在褲子裡，我要幫他處理，還要編說他跌倒，碰到水漬，避免他被同學嘲笑。

我明明是學富五車，博士出身，卻常常要呆若木雞，演豬頭的戲，讓孩子們高興。

請赦免我的罪啊，我態度眞誠，說了一輩子的謊！

因您的名，我可以更勇敢地說出自己的感受，不用靠謊言過日子！讓罪惡的人受到公正的懲罰！讓我來世不要再做老師！

以上是我的禱告，阿門！

7. 和兒子吃飯

爲了慶祝他考上大學，我終於約到和兒子吃頓飯的時間，周一晚上6點半。我還是拜託他媽媽去跟他喬時間，喬了好久，等了一天才有回音的。我還是很高興的，愉悅的心情就像歌迷拿到偶像簽名一樣興奮。這個世道已經改變了，要學會謙卑，老子請兒子吃飯，還要看兒子的臉色。

這一天，我可是很早就到了。兒子卻左等右等，遲到了二十多分鐘才來，我和他媽媽只好先開動。他可是大辣辣地走來，一點也沒有因爲遲到而虧欠的意思。我跟人見面，不管是客戶或是朋友，一定非常守時。看起來這個世代的小夥子，一點也沒有時間觀念，誰叫我是他老爸呢！

他坐下來，一看，我的內心就不斷翻騰。他的衣服，全部不扣鈕扣，也不紮好，耳朵還穿耳洞，戴耳戒。這樣衣衫不整，早在我們以前，一定被我老爸罵死。大男生穿耳洞，下輩子當女人！身體髮膚受之父母，你這小子，怎麼可以毀損，還這麼娘，戴耳環！脖子還一串銀鍊子，簡直是太保流氓阿飛！我按耐一股無名火，想到我在學校上課，男學生還塗抹胭脂口紅噴香水，男女性別倒錯，我告訴自己，這個世界變了，變到我身邊的人，還是要適應時代變遷喔！

我隨口問了一句，「和女朋友約會嗎？從豐原趕回來？」他好像很不在意的說，豐原那個已經換人了，我的消息要update了，現在這個是文華高二的，他嫌人家太黏，就把人家甩了，現在這個還好，不太黏。言下之意，有點得意，有點輕佻的語氣。台中一中就這麼屌嗎？高中生！他媽媽說，他換女朋友好像換衣服一樣。她預期到大學去，還要換好幾個的。這個文華的，也不看好。

哇哩咧，我記得我們高中時，是禁止談戀愛的，有同學寫情書給女生，不僅要在朝會上念出，還要記大過一支的，很丟臉的。師長都會諄諄教誨說，女生是魔鬼，要好好念書，到大學才交女朋友。哪像現在這麼開放，這麼隨便！我追他媽媽時，可是一心一意的！

說到念大學，看來他胸有成竹，一副臭屁的樣子，滔滔不絕的說怎麼應考。原本想我還可以幫一些忙，看來是多餘的。我心裡暗想，我年輕的時候就這樣嗎？這副討人厭的德性嗎？還有人批評我尖酸刻薄，我卻一點也不自知。不過，心裡還是很複雜，孩子這樣，有點像我年輕的時候，自信滿滿，雖然討人厭，我覺得還不賴（有一點點得意狀）。

一陣飽餐後，說點祝福。孩子的前途要自己開創。送走這兩個我深愛的人，獨自走在回家的路途。

8. 需要做一個決定

昨天，我和馬克1號和馬克2號到廬山煙雨寺開了一個會，目前還不能達成一些決定，非常頭痛！需要做一個決定。

馬克1 號說：我決定明天把履歷表投出去，去找份工作，我不要整天看書，念什麼台灣古典文學，無聊死了！我已經退休了，想要再投入就業市場，本身就有難度，趁早去工作，有點收入，要不然就要窮了，我的同學都把唸書當副業，我幹嘛認眞念書，有了錢，生活可以過好一點。

馬克2號說：不可以，要專心讀書，想想你從前犯的錯誤。人生難得有一段時間，不用工作，全心全力念書，我還有一些夢想，想上課唸點詩詞，寫點小說，做點文章，如果這時候就去上班，這些計畫勢必衝突，一定難以達成。

1號埋怨說：都是你要念書，害我今年耶誕夜又要一個人過了，你本來說可以來博士班認識一些女生，素質比較好的，看起來這個市場，是沒有合適的。死了心吧！

2號諷刺他說：你怎麼可以這樣說！你不照照鏡子，你已經年紀一大把了，還想臨老入花叢，人生大忌喔！好好念書吧，修身養性，別想太多了！古人不是說，書中自有顏如玉！是你的就是你的，跑不掉的！

我說：你們兩個能不能達成一些協議，要不然，我也不好過，頭和身體乾脆分家算了！各幹各的！

9. 山地花

1

我剛做完化療，雙腳疼痛無法站立，像一具傀儡，要很努力才能跨出腳步。喝水也非常困難，每一滴水像是一隻隻刀，刀鋒刺進喉嚨。醫生說這是一種三陰性乳癌，高復發率，高轉移率，高死亡率。我大概可能還有兩年的日子吧！

我的這一生，充滿荊棘、罪孽，被很多漢人蹂躪。身似蒲公英，風一吹來就四散搖擺。

我來說一段我的故事吧！

2

趁我還有點記憶，我想一下我的一世，很模糊不清了。時間應該是在1600年左右。

小時候聽ina（母親）說，我的家鄉從瑯嶠那裡來的。我住在噶瑪蘭。後來在十九世紀有個紅毛番來過這裡。我的後人，1920年代時還留了一張照片，書上還可以翻到。

那一年春天，我在山上，撿到一個受傷的漢人，他是羅漢腳（單身），日久生情，我們結婚了，生了兩個女兒。取了漢名，一個叫吉祥，一個叫如意。吉祥搬到淡水社那裡住，她的後代在清法戰爭時被砲彈打中，死了。生如意時，有點難產，我對她非常疼不入心。如意後來有去幫一個漢人做事，聽說是做官的，來辦硫磺礦的事，她還被那時候的通事搞大肚子。

過了幾年，漢人說要回唐山祭祖，一去就沒回來，音訊全無。害我被族人笑。我只好帶著兩個小的到處討生活。我恨死所有的男人，尤其是漢人，無情無義。我到死時，也都沒見到漢人回來。

3

我的爸爸媽媽都是阿美族的人，我們住在台東，我有兩個姊姊，一個弟弟，一個妹妹。爸爸在我很小的時候，就離家出走了。留下媽媽和我們3個小孩，相依為命，媽媽很辛苦的把我們撫養長大，兩個姐姐和妹妹很早就離家嫁人了，家境也都不富裕。

媽媽嫁過三個男人，爸爸走了以後，去台南新化，嫁了一個從大陸來臺灣的退伍軍人，他對我們很嚴厲，很兇，不准我說番仔話，不准我和番仔往來，我的阿美族母語都快忘光了，也生疏不會講。生了弟弟和妹妹後，過了幾年，老芋死了，媽媽帶我們回台東，又幫我們找了一個爸爸。

那時候媽媽做了一點雜貨店生意，賺了一點錢，買了一間房子，並不寬敞，可以讓我和弟弟擠在一起，現在媽媽年紀大了，很多毛病，腳膝蓋也退化了，站不太起來，要人家照顧。我和弟弟每人三天輪流照顧，已經經過好多年了！

前一陣子，我被診斷有乳癌，割去了一個，我做化療，需要錢，需要有人照顧，家裡開會討論，結果兩個姊姊和妹妹都說家境不好，住得又遠，愛莫能助，媽媽一口氣就回絕了我，沒錢，弟弟還在找工作，更不可能幫我。我第一次感受到親情的黑暗面，親人都很冷漠。我只好尋求外面的朋友幫忙了。

靠著朋友和教會幫忙，我總算支撐過三年，我的醫藥支出，有一位姐妹支持。有個安寧基金也定期給我一些化療後的補藥和藥劑幫忙，總算勉強度過。我還是可以感受朋友的協助，人性也有光明的一面。我不知道化療後會不會復發，只求老天爺，可以不要這麼早召見我，我還想有一些創作。

4

我常常會有一種似有若無追逐的感覺，在草原奔跑跳動，呼吸，有時會快得看不到旁邊的樹與草，有時候卻又像跟風跳舞，追著蝴蝶花絮在玩。

像是眼睛的對望，我應該是一隻梅花鹿。在四百年前的地圖上躍動，小小的山畫在河流的後面，那裡是我的故鄉。

我有時候會跟這裡的小朋友玩，他們叫排灣族，阿美族，或西拉雅族，身上和我一樣，都有美麗的花紋。

有時候，我會被追逐，激動的叫聲，煙燻，竹箭，狗叫得急促，然後我們同伴倒下。那一年，我也倒下，天空由藍色，漸漸蓋起黑幕，最後不見了。

四百年前，這裡到處是我的同伴，有我的家人，爸媽，兄弟姊妹和朋友，到了1950年代，最後一隻同伴梅花鹿也死了。

5

爲了能夠靜養，和藝術創作，我需要一個自己的空間，所以我在外面租房子，靠近醫院，一旦有狀況，可以在五分鐘內送到急診室。每次繳房租，都要跟朋友借，欠了多少，我也不清楚了。最近房東又追繳了很多次，我只好趕快再去跟朋友借，希望有著落。

媽媽幾次也都希望我搬回家去，一來節省開銷，二來可以就近照顧她，可是，現在三天照顧媽媽已經讓我精疲力竭了，我手術後加上化療，身體狀況愈來愈不好，我需要靜養，需要睡眠，很怕被打擾。媽媽三更半夜，常常會夢見鬼，那些死去的親朋好友來抓她的腳，找她出去，她都會嚇得驚慌大叫，不敢入睡，要我們陪著她。有時候她會有些奇怪的動作，我和弟弟都要制止她，防止她做出意外的舉動。非常疲累傷神，不敢入眠，就失眠。導致我要靠安眠藥來幫助我入睡。

6

我住在大肚山這邊，有好幾個族人生活在這裡，頭目是我的馬祿表哥，那時候紅毛常常來辦事，但是，都是阿嬤那邊，祖母在決定事情，馬祿哥哥常常跟我說心事。

後來，我們搬到沙轆社去住。我和阿林生活了一段甜蜜的時光。我們生了兩個兒子，一個在小時候就夭折了。兒子和丈夫，後來和漢人發生衝突，我們殺了他們的將軍，那個漢人首領，聽說叫鄭成功，很生氣，派了軍隊來，結結實實打了一戰，他們兩個都被將軍的軍隊殺了。

我們沙轆社幾百人，全被漢人殺光了，我和幾個人躲起來，才活下來。後來，我們都被押到臺南府城附近，全都失散了。

紅毛和漢人來了以後，生活就全部變樣了。

唉！我可憐的兩個男人！

7

我20歲的時候，青春正盛，美麗的像一朵嬌豔的花。隨歌舞團去日本表演。我遇見了孩子的爸，開始一段心碎的戀情。

他是一個日本人，上班族，天天來捧我的場。我看他斯斯文文，談吐也不錯，對我很好，溫柔體貼，出手也大方。很快我就墜入情網。很像普契尼歌劇蝴蝶夫人的情節。只是我不是日本藝妓。

我們有過一段纏綿悱惻的愛情，那一段日子，我感受到幸福。表演結束後，回到台灣，我懷孕了，我熱切地告訴他，希望他趕快來娶我！沒想到他卻變臉了，他告訴我他有老婆孩子家庭，不可能爲我離婚，叫我忘了他，要我以後不要再去糾纏他了！從此他就音訊全無，再也找不到這個人了。

我的悲劇似乎才要開始，我覺得自己很髒。

8

有時候，我回到我的前世，可能是1640年，也可能不是。那時候到處都有鹿，我們常在冬天的時候去捕鹿，很有趣的生活。

好像是一個宴會的場合，大夥捕獲幾隻鹿回來，正慶祝。

阿林坐在我的旁邊。他有點醉意的跟我乾杯。拿錯我的水杯當酒杯，呼嚕呼嚕喝了好幾杯，然後狐疑的說：「咦？這酒怎麼這樣淡？」

「少年英雄的，你拿的是我的水杯呢！」，我打趣的說。

然後，我們就嘩啦嘩啦說了一堆，我很壞疑我們當天到底說了什麼，就是很暢快的一晚。

我們的緣分就是這樣開始的。

酒宴結束後，我們約好再相見。我吹了拿手的口簧琴。

他帶我去一個地方，那裡有山有水，一大片草原，他手指著那一大片草原，對著我說，他要和我一起在這裡生活。前面種一些水果，中間蓋房子，養幾隻雞，幾隻狗，他去打獵時，我可以煮飯作菜，等他回來，……。後來，在房子的後面，他還爲我種了檳榔樹。

在夢裡，我常常回去那裡，感覺他還在我的身邊。

9

爲了生活，我在中山北路的酒店上班，我們這一組有五個姊妹，平常都會彼此照顧。年輕時候，我眞的美得像一枝花，客人常點我的抬，客人知道我是山地人，都很刻意要灌我酒，常常要我陪酒。我也常常醉得不省人事，好在有姊妹幫忙，日子才混得下去。

有一個泊車的年輕小子，很喜歡我，請我喝酒，要把我帶出場，好幾次都被我拒絕，看起來心有不甘。他也睡了我們組裡的幾個姊妹了，大家都很怕他們。他說他沒有睡過山地番仔女人，不知道味道如何？一天到晚想跟我上床，眞的非常不尊重我，非常可惡！

有一次他們找到一個好理由，要幫我慶生，所有的姊妹都邀請到，我想有姊妹同行，應該不會有什麼問題。那知，到了生日的那一天，泊車的年輕小子單獨來邀我上車，其他的姊妹都坐別人的車，我跟她們就分開了，到了KTV，等了一陣子都不見其他人來，他請我喝果汁，就是那杯喝了以後，我就像斷片一樣，再也沒有記憶。……。

等我稍微有一點意識時。我是全身幾乎被趴光。倒在一條山間的公路，下面一直在流血，流血，我也不知道怎麼被送到醫院的，躺了快一個月。

我後來拼拼湊湊，恍惚間，我好像被很多男人強姦了。……。

我跟我的大姊頭說了，請她幫我出面，她竟然不爲我主持公道，卻是要我吞下去，不要去張揚，也不要找出那些強暴我的男人理論，我有去找那個泊車的年輕小子，他竟然一副不在意的樣子，說我是公廁，還要我做他的馬子，賺錢給他花！

我實在受不了這種屈辱，我就離開他們回台東去了。

10

昨天夜裡，我又回到大肚山腳下的家園。迷迷茫茫中，還下著雨，冷冷濕濕的，參雜著複雜的思緒。

看起來，這是1945年的某個夜晚，明天美國飛機就會來轟炸這裡。這裡現在變成望高寮附近，飛機大砲對著彼岸。

這時候，臺灣人民是日本天皇的子民，臺灣是日本神聖的領土，南進基地。美國飛機會來轟炸望高寮，清泉崗附近，哀鴻遍野，死傷慘重。小林明天就會被炸死。這是最後一個晚上。而我卻什麼都不能作，看著他活活的被炸死。這是我們原住民的宿命嗎？

小林在1945年這一世，是個女生。我看見她燒柴煮飯，整理家務，忙進忙出。

「小林，小林，你聽得到我嗎？」我輕聲呼喚著他。

好像他愣了一下，似乎想起什麼事，聽到有人叫他，又去忙了。唉！身無彩鳳雙飛翼，蓬山已隔千萬里。

還記得我們在一起的那些日子嗎？那一次，我正在煮飯，你打獵回到，心情不錯，窗外的雞蛋花正盛開，也是下點雨。我們後來吟唱起來，你吹著鼻蕭，我吹著鐵片，或叫口簧琴，就唱起歌來。我的愉悅情緒，伴著情慾愈來愈高漲，我們就纏綿了一夜。

聽漢人說，過橋的時候，喝了孟婆湯，就會忘記前世的一切。但願你能忘記被炸死的痛苦，重新再活在一個有希望的時代。

只是，我們的情緣，就隨風而逝，……。

大肚山的恩愛，就歸於塵土了。

11

過了幾年後，女兒長大要入學了。因爲沒有報戶口，所以沒有學校念，我非常著急，到處託人問。在即將開學時，學校校長介紹了一位黨務人士，說他很有力量，可以幫我喬入學之事。後來這位黨務人士，就假借入學之事，請我吃飯，推辭了幾次後，我有一次帶小朋友一起去，他那種色迷迷的眼神，一直想摸我的手，一隻手在我的背後面摸來摸去，讓人全身不舒服。

後來他的邀約，說不准帶小朋友，那一次，我有點大意，竟然單身前去。我被灌得酩酊大醉，不省人事，他把我載去賓館，就一直強暴我，一直到隔天接近中午，飯店服務人員才把我救出來，回到家中，大家都問我一夜未歸原因，我狼狽地說：我被強暴了！大哥和未婚夫就略人，去找他算帳！聽說被揍得很慘！我的未婚夫也因爲這事，跟我解除婚約了！

山地人就應該被欺負嗎？這好像是我們的命，註定要被你們男人羞辱！

12

藉著今晚的菸，今夜的酒，我來交代一些到了柳營流放後的生活。

我似乎看到四百年後的我，渾身病痛、失婚，失業，滿滿的安眠藥，一個人走到人生最後的一個夜晚。

最後的日子，最後的愛人，蘇拉（Sura），陪我走最後的一段。

他知道我喜歡清晨的微風，會一大早陪我走長長的田埂。他知道我喜歡吃鹿脯，鹿糜，他會做了幾天幾夜，到處找，到處買這些東西。就傻傻的看著我吃，滿足的表情，我免不了說他一頓，要他別花錢了。

晚上睡不著，他會陪我聊天，幫我蓋被子。幫我打掃家裡，修剪過長的雜草。他也在房子的後面，為我種了一株椰子樹。

我常常會望著天空，向著北邊，大肚山的山腳下，好像看到小林，和兒子。在一起和我揮手。就好像此刻，我看著四百年後的我，阿美族的女人。留在安眠藥後的昏沉。

我的人生，這一世，就快走到盡頭了。想到四百年後，我也是死在孤寂，蒼天啊！祖靈啊！……

13

前幾年，我認識一個小我十七歲的小男生，他有來看我的藝術展，對我非常迷戀，我們交往時，我很小心，剛開始不太能接受這種感情。幾個月後，我漸漸被他感動，我們就在一起了。

他大部分時間都很少說話，他有精神障礙，只要情緒稍微激動，就會發作，平常有在吃藥，我們常常騎腳踏車，沿著濱海公路一直走，也會在海邊坐好久，聽海濤聲，他會撿石頭給我，作畫給我。後來，不知什麼原因，他停藥了，我們吵得很兇，我的精神病也發作了，我就都不理他，不管他做什麼，想見我，我都不回應。

一年以後，我聽說他被送進去醫院，我決定去台南找他，我還第一次見他的媽媽，剛開始我只敢說是他的朋友，當他媽媽知道我大他兒子這麼多，好像很有意見，要我不要再去找她兒子。我去看過他幾次，他的病情似乎沒有什麼好轉，愈來愈不認識，看起來我們是沒希望了，他是第一個眞心愛我的人，我常常去海邊想念他。

你想看我裸體嗎？我的右邊乳房已經切掉了，我的肚臍邊有幾道傷痕，背部也有很多疤，可是，我的身材還是很好的，大腿很勻稱，屁股肉肉的，陰道也很小，你想看嗎？

14

到了好像是1930年以後，日本時代，還要送先生去南洋當軍伕打仗，我挺著大肚子，爲了生活，拼命做女中的工作，還要忍受族人異樣的眼光，後來我把孩子生下來，是個男的。帶著一個小孩，想要再嫁人，男方一聽到，就沒有下文了。看來只好去酒家試試看，我還是要勇敢地把他撫養長大，到了十三四歲，他說要出去工作賺錢養家，一去就沒有消息了。後來有來信說他去日本了，就沒有再回來了。

好像魚一樣，放到水池裡，終究是要游回大海的！

四百年前，我遇到一個漢人，結下一段孽緣。曾經以爲有幸福，被漢人糟蹋，日本人也拋棄我，唉！生命看似輪迴，有一種無窮無盡的無奈與哀愁！

10. 石娘

2022年，不經意地在交友網站上瀏覽，看到石娘的介紹，很好奇地點進去看，覺得還滿正面與好笑，她說如果有不怕死的人，願意接受嚴格的考驗，喜歡她的坦白直言，獲得終身不渝的感情的人，可以勇敢站出來。我就點進去說，「來會一會這拷打人的娘子喔」。

剛開始用賴（line）交談時，覺得這個人好有趣，表現很兇，其實是有爲有守的女人，灑脫的個性，很風趣，她說她和前男友的初見趣事，因爲誤拿酒杯與水杯而結緣，男人也很有決心買了一分田，做了都市農夫，兩人就在鄉下蓋了農舍住了下來，這一來就是15年的小三生活。他說，「她一個人可抵十人用」。她說，「不要用小三這字眼，可以用解語花，陪伴情人，與煮飯婆來說。」

鼓起勇氣，約了第一次面見，我還迷了路，奔馳在觀音鄉下的田野小道間。我們無目的的閒逛。

她的眼睛很圓大，雙眼皮，應該是一個漂亮的五官。嘴巴片薄薄的，牙齒有點黑，應該是吸菸的結果。身高大概160公分。腰圍很有曲線，從後面看，長長的頭髮，配上玲攏有致的身材，算是美麗極了！只要她不開口，應該是滿分的。她的聲音很粗，嗓門很大，像隻叫不停的火雞。沒有辦法控制音量，沒有溫柔的聲調，我還幻想做愛時，叫聲這麼粗，會有人喜歡嗎？

找了一家日本拉麵店吃東西。她顯得非常健談，近四個小時，她都用高昂的聲音，說她長長人生的故事。她和媽媽的互相折磨，言語犀利相對，和妹妹兩人的恩怨。妹妹國中就翹家，到台南賣檳榔，賣菜。她則私奔結婚去，第一段婚姻，只維持了四年，生了一個兒子，兒子現在娶了她的老師，大他非常多。第二段婚姻，也很短，做了小三，搶了人家先生，也生了一個兒子。再來就是農夫的這一段。女人年紀愈大，故事就愈長，她似乎很喜歡說她自己的故事，對我的事不太有興趣聽，老是打岔搶話。後來，我也就應諾以對，不再多說。

不需要工作，她應該有很多時間，她也很會打發，睡覺，美容操，打掃收拾房間，還做糕餅點心，賴裡面說了40多分鐘，再一次談她的媽媽，妹妹，打牌，唱卡拉OK。我放下手機後，感覺愈聊，距離愈遠，她已經跑在很遠很遠，很深的山谷裡，我問自己，這是我要的女人嗎？我要和這個人一輩子在媽媽，妹妹，打牌，唱卡拉OK，舊情人的話題中生活嗎？我有想過我爲什麼會喜歡她，過了這麼久，我對有點風塵味的女人，還是很難抗拒，有一種致命的沉溺！

再見第二次面，是因爲我想試一試是否有機會，可以生活在一起？我看我的書，寫我的散文和小說，她做她的事，是否可以在同一個空間下存在。她似乎改變了心意，原來約法三章可以去她家，臨時改變了。也行，我們找了附近一家85喝咖啡。她還是說她的媽媽、兒子、妹妹，打牌，這一會她多說了，原來她還有一個打遊戲的伴，一個酒店的老闆，幾個牌友，和前男友也還有往來，生活應該很多采多姿。三個小時多，重複再說很多事。

我想，找個停頓，結束這話題。我跟她說我不去你家了，我回去找個地方寫東西。她似乎非常意外。我們離開時很沉默，天氣陰冷潮濕，下著細雨。其實我的心也在下雨啊！因爲我知道只要走出這裡，就像走出生命的框框，我們不會再相見的。

我應該這一輩子不會再選擇有風塵味的女人了！

這一段戀情，看來是夭折了，沉寂了一天，她傳賴給我，要我把她的照片刪除，還說我究竟無法承受她的坦率直言，逃避走人。我想說什麼呢？最後決定什麼都不說了，有什麼好辯白的呢？兩個不同空間的人，兩條交錯的平行線，兩種不同的生活態度，我鍾愛的風塵女子，感謝她給我的啟示。

我刪了她的照片，我們的對話，她的電話，她的賴，彷彿這個人從來不曾出現過。我還是繼續過我的生活。好像張愛玲說的，紅玫瑰現在變成一抹蚊子血了。

祝福她了！

11. 妳的歌

車子過了紅樹林，就快到妳家了，以前經過紅樹林時，我都沒有什麼特別的感覺，總是趕著要去淡水玩，去看淡水落日，去下一個萬里金山的行程，總是匆匆。

現在，它牽動了我的思緒，思緒像是一首古典交響樂曲，反覆又反覆。再過幾分鐘，我就是世界上最幸福的人了！接下來的時光，可以見到，雀躍的妳，可以和妳手牽手，可以聽妳細細長長如歌的話語，可以走過那蜿蜒的河畔，跟妳一起數天上的星星，一起呼吸淡水的海風，一起編織我們的夢想。

這時候，應該是三月天了吧！一路上開滿了紅色、白色、粉紅色的花，把春天妝綴得像個小姑娘，花香襲人，妳拉著我的手，跳著說：這是吉野櫻耶！聲音迴盪在河邊，我好像夏卡爾畫裡的人，飛過樹梢，飛過雲端，飛到有桃花、李花、杏花的國度裡。

妳說，妳喜歡山勝過海，住在淡水山上，卻是望著海，每當日落風起時，總是讓思念飄得好遠好遠。

車子過了紅樹林，就快到妳家了。

12. 淡水夜色

這一夜，我將妳枕在手臂。妳的輪廓變得好大，好清晰。

夜裡的觀音山，皺紋線條起伏，多少個歲月記憶，看盡人間的酸楚，在河邊靜靜地守護。

妳的眼睛，閃爍著智慧的光芒，常常沉思，總是深邃。

眼睫毛似的路燈還是樹林，我不想分清楚，只想迷失在這兩彎眉稍裡，只想用吻來封住。

三月的季節，水面平靜，滑過妳柔嫩的肌膚，會聽到妳輕輕地呻吟，是風聲？是濤聲？是天籟？應該是林徽音的人間，拂過楊牧的水面，而已是千古的吟唱，夜裡的搖船。

妳說，換你心爲我心，始知相憶深。這應該是星星對著河流說的話。河流會流水，星星會流浪，這靜靜的夜，深深的夜，卻總是映照這樣明亮清澈。

這一夜，我將妳抱在懷裡，溫柔著妳的溫柔。把月亮留在窗外，不要讓她看見，這淡水夜色，已是我的夢鄉。

13. 2022之〈山中聽雨〉

我很喜歡豐子愷的〈山中聽雨〉，意境優美而且富有詩的感覺。我的版本有些不同。

想像在山中下著濛濛細雨，山腳邊有一座茶館，門前有人胡琴彈唱，裡面幾人喝茶閒坐。來了一位白面書生，後面跟著兩個小姑娘，一杏紅，一粉白，圍著書生說來道去，嘰嘰喳喳。

閒坐喝茶，雨愈下愈大，無事，書生借來胡琴，彈唱一曲《梅花三弄》，兩個小姑娘也跟著唱和。興緻所到，小姑娘也跟著唱起《三月桃花雨》。

一時客人被吸引，春山裡，但聞眾人叫好如雨聲。

片刻，雨稍歇，書生欲離開，兩位小姑娘也碎步跟隨。

一陣迷霧，眾人不見書生身影。

但見，空山靈雨，一隻白鶴飛過，桃李繽紛落下，杳不知所蹤。

14. 聽雨的二三事

我之所以會想到「聽雨」這個主題，是因爲我在寫豐子愷〈山中避雨〉，我看錯成「山中聽雨」，想來豐子愷也無意去山中聽雨，他在意的是音樂帶給他在山中避雨的愉悅心情。但我寫山中聽雨，卻有一番遐思，很是享受。

後來看到《琦君的文學世界》這本書，他說「聽雨」是自古中國文人的一個雅趣，「雨」是文人鄉愁情戀的符號，不只周作人，一些文人，常在雨中得到一種心靈的寄託。這倒引起我的興趣，不妨細看一下。

周作人在他的〈苦雨〉裡寫道，他喜歡江南的雨，「臥在烏篷船裡，靜聽打蓬的雨聲，加上欸乃的櫓聲以及『靠塘來，靠下去』的呼聲，卻是一種夢似的詩境」。他似乎不喜歡北京的雨，他說，「耳邊粘著麵條似的東西」卻是很奇特的聽雨形容：

「我住在北京，遇見這幾天的雨，卻叫我十分難過。」「那樣譁喇譁喇的雨聲在我的耳朵已經不很聽慣，所以時常被它驚醒，就是睡著也彷彿覺得耳邊粘著麵條似的東西，睡得很不痛快。」

但是話鋒一轉，他說下這種大雨，只有兩種人最喜歡。第一是小孩們；第二是田裡的蛤蟆。他在《風雨談》裡還說，他喜歡「無聊苦寂，或積憂成病」的雨境。這種感覺自是有一番閒情逸致之美，可我怎麼聽起來怪怪的，有一種對故鄉情深的依戀呢！

琦君對故鄉的雨，有一種深沉的感受，她會想起阿榮伯的小木船飄在水溝裡，中間有母親縫的「布姑娘」，繡球花瓣繞著小木船打轉；想起她用松樹皮拼成「聽雨樓」三字，放在父親書房門前的往事，有戀鄉思親的情感蘊含。

聽說作曲家趙元任從小就喜歡躲在溫暖的床上傾聽庭院裡的雨聲，在他十二歲那年，1904年，父母不幸雙雙相繼病故，此後他更是喜歡聽雨成了習慣。他在1927年作曲，劉半農作詞，寫了一首〈聽雨〉，「我來北地將半年，今日初聽一宵雨。若移此雨在江南，故園新筍添幾許。」很有感覺！

我們的詩人余光中，聽雨，聽出一番心得，也聽得很抽象，很有思念故國的意象情懷。他覺得臺北的雨，悽悽切切像是黑白片的味道。他也不喜歡美國的聽雨。他喜歡故國的杏花春雨江南，有一種雲晴雨意的愁。他把雨、聽、看、嗅、聞、舔，還頌讚王禹偁的黃崗聽雨，是中國古老的音樂。他在日式古屋裡聽雨，從春雨綿綿，聽到秋雨蕭蕭，雨是回憶的音樂，聽聽那冷雨，回憶到江南的雨，四川秧田和蛙塘的啼聲，都是濃濃的故國懷家的思情。

楊牧在葉珊時期，最怕下雨，最擔心下雨。他說「常常在殘夢迷離的枕上，忽然聽見雨水掉在廊前」，「披著衣從玻璃門前看淋濕的小園，心裡惆悵得很」。冬季過後的下雨。地上總是泥濘，「牆腳上積著綠得教人寒顫的苔蘚，蝸牛從石堆上爬過去，一直往屋頂上爬，留下一條斷斷續續的白亮痕跡。」在這種冬雨的季節，葉珊譯完詩，找朋友談歷史或濟慈，是一個非常有現場感的寫作，他追求唯美的雨天際遇。一樣有周作人的聽雨閒逸，跨越了這麼長的時空。

葉珊他在〈秋雨落在陌生的平原上〉，就有點懷念臺灣的意思了，「在臺灣，甚至雨也使一個婦人」，想念臺灣的故土。同樣一種鄉愁，這裡會發現楊牧和余光中的不同，楊牧聽雨，想念臺灣的故土。余光中，心心念念的還是那個回不去的祖國大陸，卻是對臺灣沒有歸屬感，說是黑白片。

余光中的聽雨，用了宋朝蔣捷的〈虞美人．聽雨〉，訴說人生的三個聽雨境界。少年聽雨，只知追歡逐笑；中年聽雨，飄泊孤苦；老年聽雨，寂寞孤獨。一生悲歡離合，盡在雨聲中體現。

少年聽雨歌樓上。紅燭昏羅帳。壯年聽雨客舟中。江闊雲低、斷雁叫西風。
而今聽雨僧廬下。鬢已星星也。悲歡離合總無情。一任階前、點滴到天明。

古代詩人，看起來也很雅好此味，喜歡在畫船裡或竹齋中聽雨，然後睡個覺，沒有什麼故國鄉土的思念之愁，「春水碧於天，畫船聽雨眠」。「竹齋眠聽雨，夢裡長青苔」。也許在山腳下的茶館裡聽雨，把聽雨想得這麼仙境飄渺，怕也是我逃脫塵世紛擾的一點寄懷吧。

15. 聽雨蟬

今天下午，我在圖書館整理散文課老師講課內容。很有楊牧聽雨寫詩的感覺。

突然間，淅瀝嘩啦傾盆大雨，節拍很厚，像是重金屬音樂。我就停下筆來，靜靜的享受片刻。

不是余光中說的冷雨，也沒有楊牧聽雨的焦慮。像是豐子愷的山中聽雨，有許地山的《空山靈雨》的淡淡溫柔，我在網路上也找到胡金詮的《空山靈雨》電影，於是，索性放下書本，把電影看看，看看胡金詮怎麼詮釋佛家的感悟，許地山和豐子愷陪我聽雨看戲。

許地山的《空山靈雨》也有佛家的慈悲心懷。很奇怪的感覺，我是許地山《空山靈雨》裡的那隻蟬，還是不是，好像爬在佛寺的樹枝上，落在書堆裡，好奇怪。

第三章

中文博士班生活求學點滴

2020／11／28　今天放榜

我考上逢甲大學中文系博士班了！
有機會再拿第二個博士，我會好好珍惜，好好念書。
念博士的人不算多，念兩個博士的人就很少了！念兩個不一樣的博士，就更稀奇了！

午後的街角
以前經過這裡，都是開車，行色匆匆，總是爲下個行程奔忙。
沒有想到有一天，我會坐在繁華都市的一個小街角，沒有事，不爲名利熙熙攘攘，看著人們三三兩兩的走來走去。
午後的陽光，灑在落地窗上，看過去，人們的身上，有耀眼的明暗顏色，亮的還發出點點光芒的線條，暗的還會有流動的起伏。射過玻璃窗，我的臉浮現一點點熱度，樹頭上好像有點刺眼的粼粼波光，還以爲在海上漂泊。
舒適的下午，秋的節奏。

不再有痛

2020/11/29

這個夢，其實很長很長，我能記得卻很少。我剛剛才寫完一遍，哭了一遍，卻忘了儲存起來，不見了，只好再寫一遍。

這一世，我是個窮苦人家的孩子。我的爸媽種田爲生。我們的村子在貧瘠的山區裡。依稀中，我好像有點山裡游蕩的印象，……。

一天夜裡，來了土匪，到處燒殺，放火，槍聲，人們哀號哭泣聲……。

我的爸媽也被殺了。一群人被押到晒穀場上。

有兩個人押著我，一個在灌我水。剛開始我還掙扎了一會，……。

不久，我記得好眞實，我的瞳孔放得好圓好大，一切都變得模糊不清了，人們，火光，槍管，都是浮出來的黑影，然後就定格，不會動了。

進到嘴裡的水也沒有感覺了，我覺得身體輕飄飄的在浮動，咦，沒有痛苦的感覺了！

不會痛了！眞的都不會痛了，一切都很平靜安詳！

我看到自己的身體被丟棄在田埂邊的草叢裡。晚上山裡的涼風，沒有星星的夜裡，雲走得好悠閒……。

醒來，我差點沒呼吸。約莫幾十秒後，才恍然剛剛是夢。又枉死的一世，好悲傷的人生！

2020/12/25

昨晚是耶誕節。

我點一盤小黃瓜，紅燒牛肉麵，我告訴自己：鄭華清，聖誕快樂！這是我的聖誕大餐！

一個人的聖誕節，

我好希望有人陪，

希望來年可以有人陪，不要再過這種單身的日子。

我有賴給蘇珊，說聖誕快樂！因爲，明年這時候，她就不在了！人生相聚匆匆，離散也快，年輕時不懂得珍惜，就像她現在一樣，現在想珍惜，卻是甚麼都留不住！眞是感嘆！明年此時，她又會在哪裡呢？那個可以和我相溫存的女人，又會在哪裡呢？

早上去台銀提款，7點50，竟然會遇到瑪嫗！看這熟習的背影，黑色的衣裙，白色的球鞋，在莫不認識的那一剎那，她的背影還是讓我很心動，這麼多年了，還是深愛這個女人！

我跟她打招呼，她很冷的回頭，沒有任何反應，好像看到一隻狗在叫，也會有表情，但是他甚麼也沒有！我心裡暗自解嘲，不過是爲了一點錢，竟然二十年的情義，都不如一條狗！走到這種地步，還有甚麼好說呢？

她應該是被甚麼是急迫到，她從來沒有這麼早起，到ATM操作，存簿還刷了5聲，這我還是第一次見到！車子轉彎紅綠燈時，她停了好幾秒沒動，還是我按的喇叭，她才走動，可能眞的有什麼事！

2021/06/18

2021年的領悟

我到現在有點後悔寫了這一篇，我想了又想，我還是決定留下這篇，算是一種過程，成長的過程，我還是要勇敢面對自己的情感！

我是離了婚以後，才對女人有點認識。

二十年喔，足足佔她人生的快一半，我們在一起的時間，大過她一個人的早年。妳怎麼可以忍心這麼對我！我最愛的人傷我最深！

沒想到，原來我只是一個工具，

讓她拿到碩士，讓她改變生活樣子，滿足她掌控的虛榮。

嫌我髒，嫌我臭，還把我趕下床。

她一點也不愛我，這是有一次她不小心對朋友說出來的話，當時，我以爲是哈啦的笑話，原來是眞的。

我從來不知道，轉過身後，她還有一張刻薄寡恩，無情無義的嘴臉。

現在，她有了財富，住在豪華的房子，

一對兒女，只認媽媽，

這是我奉獻摯愛的，牛馬一生的三個人，
我在她們眼裡，原來竟是如此的無用。
原以爲這是我死後才會遇到的情境。

2021／06／19

經過一夜的沉澱，心情好多了。

舊家整修，二月，門鎖換了。我再也進不去了。

她們搬新家，博識，新豪宅，不告訴我地址，也拒絕讓我進入，也不願意見我。我好像古代窮親戚去高攀富豪家，以為要打秋風，被趕出門，還奚落一番。劉姥姥還進大觀園，我卻像乞丐被排拒門外，人家羞認我。

心情很震撼，也備受打擊。

這是什麼意思？怕我騷擾？糾纏不清嗎？我是那種人嗎？太侮辱我了！

2021／07／04

其實，我反省自己幾段婚姻生活的失敗。她們都恨不得把我從她們的生活中消失，沒遇到這個人，沒有這段感情，沒有任何殘存的記憶，想要從新來過，跳過一個空白。

爲什麼呢？

我覺得是我無意的優越感，傷了我愛的人。

（這種傷人的無意識優越，來自人與人相處時，存在於雙方差距的財富、學歷、生活品質、能力、工作、工作上的成就感……）

我跟S在一起的時候，我念了博士班，我工作上比較厲害，薪水一直上升。S碩士班是兩榜名人，卻是低我一個學歷。我忙於工作，不專心，老師都會問她，不是問我，造成她的困擾。她覺得她很優秀，比我，但是工作上不如意，薪水一般，低我愈來愈多，讓她很不滿。我又老是變動，讓她很沒有安全感。我從來沒有想到，我的行爲，給自己的愛人這麼深的傷害……

現在的馬姬，應該也是如此。

我遇到她時，我是教授，她是我的學生，她的碩士是在我的幫助下完成的。她想改變生活方式，跳一個台階，離開她的男朋友們的糾纏。工作上我也有幫助，其實，我是全心全意幫忙她的，現在想起來，是可以解釋說她在利用我。

補習班我們一起作，但是她覺得都是她在做，我從出錢創業，到分工，到一無是處，她覺得要擺脫我的一切，這是她努力打開的天下，跟我沒有用，所以一腳踢開我，自己當王。現在她比我厲害了，不要別人覺得這都是我給她的。她要一個完全沒有馬克我的世界。這世界完全屬於她的。

咪咪也是這樣看我，我深深的傷害了她。恨怨很深，到現在她都不能釋懷。

PS.現在這種優越，還加上外貌美麗，年紀輕，身體健康……

停車記

2021/09/07

現代人停車愈來愈困難了。我搬到西屯區不到九個月，我已是貢獻國家的元勳了。我的車子有一次停在門口紅線上，不到一小時，就給拖吊了。可是隔壁的施工車，貨車，房車亂停紅線上，常常一整天，也沒看誰來拖吊，或開紅單。我眞的比較小嗎？×××！前面的服裝店門口，我被開了兩次單。麵店對面的空位，過年時，也沒店家開門，我被開了兩次紅單，下午四點多一次，晚上快十點，再開第二次，警察先生拜年拜得很勤奮喔！

今天早上七點多，我停在黃線上，周一耶，警察又來開單了，我這兩天已被開兩次了。這裡，到處都紅線，有畫黃線的，也不讓停。停車格隨時是滿的。有的地方沒畫線，可別以爲沒畫線就可以停，那是店家占領地，你敢停，要嘛吃紅單，要嘛車子被畫花了，我都碰到過。可憐我的車，都是傷。

原來，能畫紅黃線的，是一種權力，握有生殺大權。不畫線的，更是高人一等。我只能想辦法生存下去，在亂世紅塵中，求一點喘息。否則，就繼續貢獻國家，滿江紅！

鄭小小

2021/09/08

這種感覺很奇特，也說不上什麼滋味。

我做學生超過50年了，現在又重新當學生，竟然遇到古代才有的瘟疫，而且這場瘟疫已經死了幾百萬人了。

這種瘟疫，感覺上應該發生在南北朝，或是明朝末年。死了一堆讀書人，才能有點fu，可以與天同悲，感嘆曹植的感嘆！

古代人不會線上教學，也不流行視訊，他們是怎麼求學的呢？放假回鄉下嗎？

一場瘟疫，九州同悲。但我的心，卻是期待，又有點失落。好奇怪！

2021/09/08

時代在進步，我有深刻感觸。年輕的時候寫論文，光找paper，就頭痛。我曾經爲了抄月底收盤價，在證券機構足足窩了二個月。現在上網就全有了。

paper 最怕找不全，被挨罵。文獻格式不對，就要校正一個星期以上。作學問，很苦的！現在都有各種資料庫，資訊氾濫，就怕你不會用。連文獻格式，都可以電腦化調整，太神了。

最神的是，還可以看論文抄襲的程度。就像照妖鏡，打出原形。

文章是千古功業，只是這樣，學術造假，不倫，還是層出不窮。唉，作學問，還是要踏踏實實的好呀！

2021／09／10

新生要健診。我排在下午一點。校方特別吩咐要空腹，早上不敢吃，過了中午，我眞的餓昏了。很像范進餓昏了頭，去見老丈人。

每一個服務人員都瞪大眼睛看著我，小朋友都刻意拉大距離，遠離我，好像我身上有隻蟲。這麼老的新生！來跑龍套的嗎？醫生還小聲的問我有什麼慢性疾病，因爲四十年前，我跟他們一個樣，健康有活力。

走在校園裡，我想，在適當的年紀，做適時的事，這種人，才是幸福。

我像遁入地獄輪迴的阿修羅，無間輪迴，每隔幾年，就重複做同樣的事，重新念書，重新考試，重新選課，生意重複失敗，重複失婚，重複孤寂……，沒完沒了……

2021/09/11

這兩天在看全臺詩裡台南部分，我彷彿進入時光隧道，到了一個我熟悉又陌生的時空。

說熟悉，是因爲我從小在台南出生長大，五妃廟，延平郡王祠，赤崁樓，開元寺，法華寺，東門……，這些都是我小時候常玩的地方。

說陌生，奇怪裡面的人或地方，固園和吳園，我都不曾認識過，我好沒文化！

我對五妃廟，沒有不尊敬的意思，小時候不懂，爲什麼一個人可以有五個太太？而且還要死在一塊？可是，我喜歡的是廟後面的兩棵梅花，冷淡清新，我常常停留很久。聽說還是鄭成功種的。

裡面的人，有孫元衡、施士洁、王則修、連橫、黃欣……，很多人名都第一次聽到。但是，王則修家族，新化人，前妻姓王，來自新化望族，可能和我前岳父有家族關聯，黃家可能和前岳母家族有淵源。以前有一陣子常去台北臨沂街，39號宅，我好像去過。可惜那時候，不懂事，也不夠自私功利，白白錯失了機會。

我不是很喜歡這些全台詩，它們沒有唐詩的豐腴，也沒有宋詩的骨瘦，大部分缺乏王國維所說的境界之美。五四運動以後，白話文寫詩，這些漢文詩失去了時代意義。可能是某些政治意涵，才繼續折磨我們這些人吧！

2021/09/13

今天的感覺很奇怪，活了這麼大，還是第一次！

突然之間，就暗無光明！

我竟然被關在學校圖書館裡面！

我看書太入神了，竟然忘了學校圖書館關閉時間。霎那間，一片昏暗，四下無人，空氣都凝固了。連個鬼影也沒有。

我摸黑到一樓，找到正要離開的最後一個管理員，她滿臉驚訝的帶我離開圖書館。再慢一點，今天我可能要在圖書館過夜了！

我想，我應該不會成為偉大的 孫中山先生吧！他可以躲在大英圖書館裡面好幾個月，還寫了鉅作。我怎麼可能躲這麼久？一下子就快窒息了！

走出圖書館，天色已暗，我又迷失在茫茫人海裡了……

2021/09/14

每天都有驚奇，生命有點充實！

繼昨天被關在圖書館後，今天有新劇情。

一整天弄了好久的teams，下午在同學助教多人的協助下，總算第一次弄對了！好糗，之前都弄錯，以後總算可以視訊上課了。

到了晚上的課，總算把什麼是ilearn搞懂，明天過後，可以自己印講義了。謝謝同學大力幫忙。

我覺得老師好可怕喔！才見幾次，她竟然了解我這麼深，可以說出我「自負」的那番話，她莫非曹操轉世，否則她怎麼知道我內心深處的祕密，像知道劉備的企圖呢？就差沒說出來天下英雄只有你我二人，到底我那裡露了破綻呢？

上古文的老師也很厲害，他說的跟我在文學史看到的，都幾乎一模一樣，尤其是台靜農版。太神奇了！

愛麗絲夢遊仙境，大概也不過這樣吧！

2021／10／05

陷入長長的思考，我該怎麼辦？要不要繼續呢？

研究古典臺灣文學，要像老師這樣深入，是不太可能的。某個人的後代，在某條街道的後面的大樹下矮房屋，她都可以如數家珍。還有政治立場的問題，讓我陷入難題。這是一個完全陌生的世界，我不是很喜歡。但是我被迫要去接受它。

學問要跟生活連結在一起，這個道理我懂。但是需要這麼貼近嗎？

更何況有些沒有學術內涵的行爲，也是學問嗎？

我可以解決什麼問題呢？這種專業是來自細鎖破碎的人性後面問題，我可以處理得好嗎？

2021/09/24 新詩閱讀小心得

洛夫的《如此歲月》和《漂木》，眞是好作品。聽說《魔歌》還得獎，眞是崇拜啊！

《漂木》的序，是簡政珍老師寫的。寫得很有水準。看完之後，我的頭腦就短路，打結了。我想了很久，實在不明白什麼是意象「表象離心」，「底層向心」？什麼人可以這樣？這樣又是什麼情況？他說，漂木或放逐是一種疏離與期盼的失落感。充滿了弔詭的辯證和反諷。

想了一下午，細細地看了幾篇以後，我大概有點明白。

我試著用我自己的話來說。

你看過《棋靈王》動漫嗎？

其實洛夫先生就是一個進化版的進藤光，圍棋高手，他是和佐爲在下棋的人。和一隻鬼魂在下棋。外面的人看起來，他一個人，很平靜一個人在下棋，「表象離心」，疏離失落不理人，但是，他其實正在和這隻鬼在廝殺，戰況激烈，表現「底層向心」，他也很熱愛這隻鬼！

其實我剛開始，也沒有什麼把握做這種推論。直到夜裡看到楊小濱的文章，他說，詩的寫作是幽靈與幽靈的對話！我就豁然開朗了！原來我的想法是對的！

唉！只是洛夫現在也是鬼了，眞的對應了詩的寫作是鬼和鬼的對話！

2021/09/27

周六下午，老鄭難得邀請兒子吃飯。

老鄭特別選了兒子從來沒去過的孫東寶牛排，對他是初體驗，對老鄭是懷念。念大學那時候，請心儀的女生吃一次孫東寶，他大概要餓一個星期。想到製造浪漫情境，卻也滿心甜蜜。只是後來都沒有結果，錢都白花了！

兒子似乎對他的音樂網路事業雄心勃勃，講了很多音樂行銷的事，他得意地說錢貴的和錢便宜的做的事都一樣，老鄭一面咬著牛排，不經意的說：「錢貴的怎麼會跟便宜的，要做的事情會一樣？你一定行銷沒讀通！」

心想：「我一輩子都在做行銷，至少四十年。」隨口就說出這話。似乎讓兒子很不高興，感覺有一頭野獸，在柵籠裡，要跑出來了！驚覺自己說錯話，兒子還是要當外人，馬上轉話：「下次有機會，你請我吃頓飯，我再跟你說，……」，然後把話題岔開。

回程的時候，老鄭無意有意的聊到：「什麼時候把女朋友帶來，見見雙方家長呀？」，都三十好幾了，連個媳婦影子都沒見著。

「適當的時候吧！」兒子似乎很勉強的說。

「不要等人家大肚子的時候，才急著見我喔！」老鄭打趣的說。

老鄭似有感慨的說：「我這個年紀的同學朋友，大都做阿公了！」

他很小聲說：「你很想抱孫子嗎？」

「這……，這是一種引申性需求，你懂的……，要你喜歡小孩，願意結婚生子，我才能有孫子抱，強求不來的……」老鄭很不得已的說。

唉！孫東寶牛排沒有以前的感覺了，連盼個孫子都很遙遠……

我好像什麼事都白忙了一場。

2021/09/27

Monday

Manic Monday／The Bangles

……

Time it goes so fast
（When you're having fun）
It's just another manic Monday
I wish it was Sunday
'Cause that's my fun day
"I don't have to run" day

……

隨著輕快音樂揚起，我好像掉進時光隧道中，回到18歲那年……

我去旁聽張老師的文章寫作，大一的課。

可能太久沒有呼吸過18歲年輕的空氣了，感覺大一的溫度感覺了，剛開始我有點反應不過來，有點慌，腦袋有時候會斷片，看起來像喝醉酒情況喔！我沒醉呀，也不過是四十五年前的事而已……

我必須常常把自己的思緒拉回來，裝在這個軀殼裡，和另一個18歲的我對話。

18歲，擁有無限想像的未來，和青春的肉體，眞好！眞鮮！

我也想跳：熱愛105度的你，滴滴清純的蒸餾水，……

難怪浮士德願意出賣靈魂給魔鬼！只爲了那短暫的青春歡愉！

美人魚願意用甜美的歌聲，交換和王子在一起！

唉！我的靈魂已經汙濁了，拿什麼來和魔鬼交換呢？

2021／10／07

今天一早就遇到奇怪的事了！

早上快7點出門，過馬路時，我看到車後面有個年輕小姐準備去發動她的摩托車。按理來說，我和她不會有交集的。

正當我要開車門時，車旁一小縫隙，突然小姐連人帶車撞進去草叢中，碰一大聲，車和人卡在鐵桿和樹叢裡，倒栽蔥，人結實的撞鐵桿。

我嚇了一跳，趕緊過去問她，我可以幫什麼忙？小姐很痛苦的說，把她拉起來。我扶起她後，她還出不來，花了一會兒，才把身體抽出來，我試著去把摩托車拉出來，卡得很緊，抽不動，卽使抽得動，摩托車也會受損嚴重。我說我幫不上忙，趕緊叫專家來處理吧。我沒久留，先離開了。

怎麼會有人開這樣快，自己去撞鐵桿和草叢呢？應該是暴衝吧！

人眞的會一點意外，而使生活轉折，跌落深淵。而回不來原有的軌道。可怕極了！那位小姐今天應該報銷了！

2021/10/08

再來放三天假，學校竟然沒開。我一直在嘀咕要不要回台北。留下來辛苦，回去也不快樂。

昨天，我問道瑜要不要5倍券。他們竟然說有申請好了，不要我給。哇！他們倆已經富裕到不貪心了。不錯！孩子進化得很快。

2021/10/09

2021年對我最有意義的事，是我終於來唸中文系了！對這些大一的同學，他們可能還在想如何前程遠大，事業成功。對我而言，卻是一種享受，一種像浮游生物漂浮在天地之間的感受，這就是我的夢想了！

1992年的夢想，是生活每天都在變，各個方面都變化莫測，但是，夢想終究會實現的。1995年，王菲曾翻唱爲〈夢中人〉，當初並不知道這首歌是小紅莓的翻唱曲。但是王菲的「夢中人」歌聲，曾經伴我度過多少個艱困的日子，多少個異鄉流浪的夜晚，早上醒來都不知道在哪個城市。可惜的是，我的夢想並沒有實現，是殘破的，椎心刺痛的一段日子！

小紅莓樂團（The Cranberries）主唱桃樂絲（Dolores Oriordan）也於2018年（1／16）逝世，享年46歲。很是可惜遺憾！有夢想的人都活不久吧！

And they'll come true 夢想終究會實現
Impossible not to do 不會迷惘永遠
Impossible not to do 迷惘永遠
And they'll come true 夢想終究會實現
Impossible not to do 不會迷惘永遠

The person fumbling here is me 發現自己不知所措
A different way to be 究竟何去何從……
I want more 我想知道更多
Impossible to ignore 不能裝作不知道
Impossible to ignore 裝作不知道
And they'll come true 夢想終究會實現
Impossible not to do 不會迷惘永遠
Impossible not to do 迷惘永遠
And now I tell you openly 我要大聲對你說
You have my heart so don't hurt me 心裡只有你，請不要傷害我
For what I couldn't find 我已不知所措
Talk to me amazing mind 自己都覺得驚鄂
So understanding and so kind 如此溫柔可人
You're everything to me 你就是我的全部
Oh my life is changing everyday 生活每天都在變
In every possible way 變化莫測，各個方面
And though my dreams 然而我的夢想

it's never quite as it seems 看來不似從前
'cause you're a dream to me 只因你，踏入我的夢裡
Dream to me 踏入我的夢裡

2021/10/09

我把周二上課的PowerPoint作好了，腦袋一直都不安靜，想著報告內容。

我回林口，把5倍券給了媽。媽媽算還高興。兒子女兒也不貪心，我比較高興。只是這樣就不是生意人了。

我終於鼓起勇氣加入網路聯誼。一個叫be2的50歲交友網站，我註冊了三個月，3456元。碰碰運氣吧，我不想單身太久！

我看完了程頤的文章了。人生悲苦，一堆祭文，行狀。

2021／10／10

我去兌換了麥當勞的優惠券，大漢堡一個，小薯條一份。風吹得很舒服，秋的季節。

我不急，看看交友網站有什麼訊息。有一個叫小露的，寫說是博士，命令式的居多，好詭異。

下午有一個74歲的老教授，和我聊了一會。

我今天都沒看書，好罪惡喔！待會兒去翻一點點書，表示自己有用功。

2021/10/11
兒子是外星人

今天終於跟兒子的臉書連上線。但是，看完後，我不知道可以說什麼？這個年輕小夥子，我跟本不認識！

他的臉書，詭異怪誕，有很多無厘頭的對話，有車禍，火燒，外國怪咖，討債300元，車票錢，奇奇怪怪的男女，髒亂污垢的圖片，罵東罵西，有點像ㄈㄣˋ青的樣子。

看起來，這是不同星球的物種！我的兒子怎麼會變成外星人？

我還是要囉嗦幾句，你的臉書，將來大學教授會看，你工作的老闆會看，求職的企業更會看，別誤了自己前途。

別飛到太遠的星球，趕快作回地球人！

2021/10/18

今天的文章寫作，主題是書與書店。老師鼓勵大家到書局買書，看書。老師介紹了《查令十字路84號》。這是一本因爲找古書，而建立友誼過程的故事。也播放了梅格萊恩演出的《電子情書》電影。

書中名言是：

If you happen to pass by 84 Charing Cross Road, kiss it for me. I owe it so much.

爲什麼大家都不買書呢？老師很感嘆。

老師到彰師大附近，看到書局都逐漸減少，以前放學後，會有學生背著書包，在書局看書，這種景象也逐漸消逝了。

時代在改變，閱讀習慣也在改變。希望大家能培養愛書，看書的習慣。

2021/10/22

今天聽線上演講，講的是晚清臺灣人吃海鮮。還很有趣。有一些小時候鄉下吃鹹魚配竹薯粥的記憶被喚起。好遙遠的年代。

末了，還有點小小插曲，有人說三文魚是鮭魚，還是鯖魚？還小小的喧鬧了一會。

我回林口，天氣濕冷。引頸企盼我的春天趕快來到。

2021／10／23

天氣冷冷濕濕的，整個人也愛睡了起來，躲在綿被裡，比較舒服。老是想睡，看起來，我要進入冬眠了。

轉成冬眠模式！

這兩天聽說有一個元宇宙的世界。趕快來！這樣我本尊可以溜去睡覺，讓分身去應付煩吵的世界。

明天我要去見我的春天，希望有好運。

台北小記

2021/10/24

如果一個人離開家鄉二十年，再回到故鄉，會是怎樣心情？「少小離家老大回」？是不是跟我一樣的心情，走進北京的灰灰胡同裡？我是李伯大夢，應該有什麼感覺呢？

下著雨，天空灰濛濛的，濕濕黏黏的，連呼吸都覺得凝重。我走在松隆路上，朋友好心幫我指路，我想我年輕時走過，應該沒有問題。

一種熟悉又陌生的感覺，一直跟我走動。我來過的，虎林街，火車站，當年幫弟弟完成終身大事的地方。松山路，我熟啊，怎麼多了這樣多的房子，大廈，以前的店都沒了，新的路標也看不懂連結那裡，泛黃，暗紅，黑帶赭紅色的味道，出現與腦海印象結合，一陣大顛簸搖擺，我還怪說怎麼地這樣不平（原來是地震）。松山路和虎林街交會的一帶很古老，有點像走進清明上河圖。一路走過，看到101，我相信我熟悉的地方出現了。

這一直是我的驕傲（騙騙自己吧！），我這輩子買不起信義計畫區的房子，但是我買在它的隔壁！也靠近帝寶。很有眼光吧！以前S指著帝寶說，她最想住那裡。早說嘛，結婚前她說，這一輩子最大心願是有一架鋼琴，我立刻分期付款，幫她實現二十多年來的夢想！後來她埋怨新店太髒亂了，我立刻賣掉三間房屋，買進莊敬路，信義計畫區的隔壁的房子。若干年後，她最想住帝寶了！

2021／10／31

張愛玲在金鎖記中一段，寫得很好。愛情像籠子裡的小鳥，打開鳥籠，鳥就會飛走。但是，繡在錦織上的鳥，就是在那裡，不會飛的。剪破了錦繡上的鳥，也就壞了。

我覺得這是雙面的悲觀論述，但願我的愛情，不是華麗的織錦，我的小鳥，也不是關在鳥籠裡。不會飛得太遠！

2

我斷斷續續地看張愛玲的《第一香爐》，我還很喜歡她的一些描述，很又意思。趕快寫下來。

小說中，有一段，女主角薇龍竭力地在他喬琪的黑眼鏡裡尋找他的眼睛，可是她只看見眼鏡裡反映的她自己的影子，縮小的，而且慘白的。既寫實，又有象徵意象。

還有，女主角薇龍在一段告白後，獨自躺在床上回味的敍述，「她睡在那裡，一動也不動，可是身子彷彿坐在高速度的汽車上，夏天的風鼓蓬蓬的在臉頰上拍動。可是那不是風，那是喬琪的吻。」

這種寫作技巧現在比較普遍了，當初聽說很震撼。

年輕的時候，懷抱愛情，相信自己的靈魂不會因爲物質的慾望而墮落，瞧不起爲了愛情，出賣靈魂的女人。現在我年紀有了，想嘗試這種墮落的愛情，卻也沒有機會了！也只能看看小說回味回味囉！

人生就是一種選擇，回不了頭的。能夠在年輕的時候，擁有墮落的愛情，出賣靈魂，是幸福的！

3

我是先看到電影版的《紅玫瑰與白玫瑰》的。關錦鵬已經導得很細膩有味道了。沒想到張愛玲的原著，更有勁，像是濃濃的XO酒，眞香醇。

我有看一些評論，他們用諷刺，反諷等等的文學術語來形容這部小說。

我看了後卻心裡碰碰跳，從前的一些心情，怎麼張愛玲都偷看到了？我也曾在心儀的女人洗澡後進浴室換洗，那種色色的變態慾望，張愛玲怎麼懂？我也曾有過禁忌的情慾，叉開的衣襟，柔軟暈醉的床，張愛玲如果沒有經驗過，她怎麼知道這種感受？

她寫得細膩，不是村上春樹直白的寫法，我不是感受張愛玲的感受，而是一種叫人喘不過氣來的貼著你的呼吸，像嬌蕊的泡沫呼吸著振保的手。

用文字當手，柔軟的觸摸，用文字當唇吻，在你耳朵邊吹風，讓人家的心都癢癢的，有偷爬牆的，犯禁忌的，犯罪的興奮感。

4

我陸陸續續看了一些張愛玲作品的批評，這些人都是文學有名大師，學校教授，博碩之流，看完之後，我陷入沉思，very confused，非常苦惱。連用了十幾個問號？寫這篇。

1. 創作是很不容易的，會批評的人，是不是也要會寫作呢？能夠這麼細緻的描述，實在不簡單，批評者也要有這種功力要求嗎？還是評論者自有其體系呢？
2. 作品完成之後，是不是要和作者出生，成長，與生活，連起來批評？藝術作品本來就有虛與實，不能創作歸創作，文學歸文學嗎？
3. 批評者很容易的就當時上海或香港時代背景，說殖民帝國主義，舊社會腐敗，來批評張愛玲的作品。張愛玲在寫這些作品時，要去對她的時空背景作自省批評嗎？批評者應該用當時的眼光來批評，還是用後來的時代眼光，來批評張愛玲小說呢？
4. 有些批評者看起來不具善意，有歧視的說法，有些則是一昧褒揚，有沒有客觀公正的批評呢？輕易地打成鴛鴦蝴蝶派，就可以加以抹滅摧毀嗎？新文學就正統嗎？
5. 評論者文章往往經過個人重組後再敍述，我再回去看到原文時，很驚訝張愛玲小說根本不是那樣鋪陳，作品與再現文本之間，應該有什麼樣關聯？擬仿物與眞實之間，到底要有什麼關係？

6. 張愛玲的小說很有讀者親和力，評論者用語都有些艱深，這樣才能顯示有學問嗎？現在的藝術創作者很可憐，不能爲自己的作品辯駁，要靠評論家的一張嘴。對於評論，張愛玲的作品就像是一襲華美的袍子，長滿了蝨子和臭蟲？

5

我想記下一段心思，算是對自己的對話。

我應該不是張愛玲筆下的柳原，找個白流蘇。我也沒有振保這樣誇張，把女人帶回家，然後卻翻悟，作了好人。

幾段感情都無寂而終，是有點挫折。到廟裡求籤，望菩薩保佑，也是心虛徬徨的寫照，想抓住一點生機。

最後，我還是想做自己的主人，不想被菩薩左右，迷失在無止境的迷惘中。

我還要繼續尋找我的愛情。

2021／11／03

明天我要去台東畫畫，順便看一下我的朋友Nakao。

我的內心很糾結，已經好久沒動筆畫畫了，這幾天，我假想我畫了什麼，要加什麼，添加什麼顏色，可能畫一些樹林，天空塗上各種藍色，也許加上很多色彩，彩霞啦，小鳥啦，畫一些海邊，石頭有明暗處理，猶豫不決。想想看有什麼畫派，技法，誰曾經到海邊去畫畫？很多雜思。

可是啊，我都不太想要，我想把所學的都丟掉，全心用當下的直覺去感覺就好了。不知道會是什麼。

我也想體驗一個我將來可能面對的生活方式，在未來的時空，找一個現代的位子。

2021/11/05

哇塞！我竟然到卑南族考古的地方。

想像幾千年前，這裡有很多人住在這裡，上菜市場、逛街、打鹿、打野豬，生活就是個現代版的戰鬥營。

還不用付錢，愛玩幾次，就可以玩幾次。真酷！

沿著9號公路，過了台東市，經過這一條美麗的道路，兩旁羅列的樹木，像是歡迎貴賓來到卑南，美麗的花園。

我第一次踏上這裡，應該不像陳第在1623年到臺灣的感覺，也不像郁永河1697年來臺灣探險。我跟這些古人有一個一樣，都是第一次耶！

2021/11/05 一百年後的臺東

剛剛經過台東的阿美族一個聚落，我突然有點感應，思緒相當雜亂，有一種脈衝的觸電，腦海裡浮現一些無法解釋的景象，阿美族的神sura在召喚我，停下車子，我趕快找個地方記下來。

應該是一百年後的臺灣吧。

到處被飛彈炸過，核子武器轟炸過，斷裂的大樓，傾倒的橋樑，輻射線污染嚴重，西部臺灣跟本毀滅。

兩個天神級的神，最後坐下來談和。

但是臺灣西部已經不是原來的樣子了。

於是所有的人都躲到東部去了。臺東到處高樓大廈，人群擁擠，燈火輝煌，天空飛的汽車，帆船，到處塞。海岸線上蝸居的人，一串串的疊掛在山坡上……

一幅超現代的臺北在臺東出現。

我太驚訝，魂未定，先去收個驚。待會兒聊。

2021／11／07

我剛一直在作夢，很生氣的醒來，我去廚房拿菜刀，因爲我愛人的床上，還有一個男人，一個年輕，五官俊秀的男子，躺在我愛人的旁邊，他似乎很訝異的看著我，被我抓到，眼睛瞪得大大的，有點蒼白的神情。

我似乎非常激動，瘋狂。

愛人在哭泣，抽搐，半個頭埋在綿背裡，對著我叫，不要，不要，不要亂來，聽我說……

那個男人，是女兒的英文老師，替女兒補習英文，我一直很懷疑，什麼人教國中英文，可以一小時五千塊，還一起吃飯，出遊，三更半夜還傳賴，有說有笑，每次來家裡都待了很晚，有一次夜裡12點多，還一起吃宵夜，這頂綠帽子，我戴了很不甘心……，我一定要砍了這個傢伙……

夢的前頭，我似乎還有點印象……

我在跟愛人說，要她關心她的男人，她的男人，最近精神很抑鬱，都不說話，妳又不體貼他，他好像去找別的女人了，愛人似乎很冷漠，兩人吵了一架，男的負氣出門，愛人躲進房間……

我等了很久，沒看到愛人，到處找，我想，她可能進房間去了，於是我走進房間，才發現這椿駭人的事，原來房間裡還藏著一個人……

天啊，愛人背著我，還有別的愛人，我到底做錯了什麼，我不是西門慶，也不是武大郎，怎麼我的女人會是……

我眞希望不要醒，這一刀砍死她的兩個男人，砍死她，我要砍死她……

早上的夢，還好有記下，到中午這時候，忘了差不多了……

2021／11／09

今天的台灣古典文學，講林景仁（1893-1940）的故事與詩作。

林景仁是板橋林家的後裔，愛好傳統詩文創作，歷史地位備受爭議。1895年，臺灣割讓日本，林景仁隨家族離開臺灣，定居廈門鼓浪嶼鹿耳礁。老師是研究林景仁的專家，所以旁徵博引，上課很精彩，還有很多獨家的研究資料。

我卻是被張福英（Queeny Chang, 1896-1986）的《娘惹的回憶》（Memories of a Nonya）所吸引。張福英是林景仁的妻子，印尼棉蘭華人鉅富張耀軒的（1860-1921）長女。

她在回憶錄寫林景仁卻是很特別，從沒有形容過他先生的長相，也不是主軸，和張愛玲的風格完全不同。也許是林景仁最後對張福英，只剩下是一個符號，一個擺在書櫃上的燭台吧！

他們在結婚前，僅憑媒妁之言，完全沒有見過面。書裡先是形容說他是「侏儒」。

結婚當晚，還只敢偷偷瞧著對方，她形容說，「我們倆對彼此依舊全然陌生，但卻已經屬於對方。人生多奇怪呀！」

即使回門敬酒，她也沒有描述林景仁長相，推開醉醺醺，滿身酒味的林景仁，她用眼淚來填補她的空白日子。

「我不會再讓這對寶貝眼睛哭泣了。」

這裡我們看到林景仁是個調情高手，很懂女人的風流才子！

讓張福英一輩子都還記得這句話！「那淚水，怕是整座汪洋也無以承載呀！」

2021/11/11 數位女友

聽說今天11月11日，雙十一，是單身節。

爲了早日脫單，老馬克把手機的主螢幕圖像換成新近認識的女友，自己高興了一會。提起這位女友，在網路牽手50認識的，一陣交談後，得到女友的賴（line），賴上聊過一會兒後，女方傳了一張照片，大眼娃，是一隻貓，讓單身的他高興了一些日子。晚上睡前，總要透過手機，和數位女友說說話。約了好幾次見面，對方總有理由婉謝，讓人心裡癢癢的。

希臘神話裡，有一個畢馬龍的故事。冰冷雕像的女神，被眞心感動，變成眞的美女。

對著數位影像的女友，希望她趕快變成眞的。從手機裡飛出來。老馬克就可以不用天天對著手機傻笑了！

2021／11／19

我這幾天都在趕報告，我最後還是決定寫孤拔的傳記。其實我的內心很糾結，余老師似乎很不喜歡這個題目。我也一直很遲疑要不要繼續。

孤拔將軍，他是法國十九世紀的英雄。戰無不勝，卻唯一敗給台灣。

台灣雖勝，卻不能張揚，只是對岸的滿清政府一顆遲滯敵人的棋子。

孤拔把中國打得唏哩嘩啦，卻只是法國和滿清外交談判桌上的籌碼。

他有勇有謀，志氣高昂，卻是英年病死在台灣澎湖。

他一生貢獻法國，死後哀榮，當時政府卻沒有追贈上將，受到政客刻意壓抑。

孤拔將軍還是第一個用武力封鎖台灣海峽的人！

我寫得很糾結，不知如何拿捏分寸？是一個英雄嗎？還是寫台灣抵抗異族侵略的血淚史？

看看今天的環境，我們臺灣的前途，竟然也是別人決定！中國和美國談判桌上的一塊肉！

能不感嘆！跟1885年中法戰爭有什麼兩樣？到1895年割讓給日本，也是一樣！誰問過臺灣的民意！

搖床

2021/11/16

半夜迷迷糊糊，被一陣搖晃的聲音吵醒，搖聲持續了幾下，斷斷續續，先大一點聲，再來漸漸小了，再有大一點的頓聲，夜，就又歸於平寂了……

原來隔壁的在搖床。

隔壁住著一對年輕人，剛搬來時，男的開貨車幫女的搬家具，很靦腆的跟我打了一個招呼，搬完後就離開了。應該認識不久吧？

女的每次都打扮豔麗，中午過後才出門，夜裡兩三點才聽到開門聲。樓梯擦身而過，都可以聞到香水胭脂濃濃的味道。

沒多久，男的經常出入女的房間。我猜應該在一起了。只是，年輕人住在一起，都不辦事嗎？前一陣子，我暗想，要我一定夜夜春宵，呻吟聲不止。只是，隔壁全無動靜，難不成隔壁住個柳下惠？

看起來，這一對應該有「結合」了。

害我一夜暇想，春心蕩漾，睡也睡不著，翻來又覆去，真是輾轉，難熬，小螞蟻爬滿我的床，咬著床單，竟比隔壁的還清醒。

外面租房子，隔間不好，都有這種問題。
我失眠了……
山光水影下潮聲，春花搖情上人間。

2021／11／28

金郎說今天是三毛逝世三十年的日子。好巧，我看到一則王洛賓的故事，裡面有一小段他和三毛的忘年之交。聽到三毛去世的消息，洛賓他喝了好幾瓶酒。

我默然想起我年輕時候，也曾爲愛人離去醉酒的往事。原來傷心的人，在不同的年代，唱的是相同的歌。

許多新疆民歌，「在那遙遠的地方」，都是洛賓創作的。他一生苦難，卻從未放棄作音樂。他在1996年也過逝了，留下一段淒美的樂章。

我想三毛和洛賓一樣，都是信仰愛情的，而且成爲音樂與文學創作的原動力，但願這個力量永遠強大下去，戰勝人世間的一切苦難！

2021／11／29

我有時候會有時空錯置的感覺。我是1980年代念大學的人，現在2021年，還跟大學生豁在一起，走在學生來往的逢甲夜市街頭上。我應該看現在是什麼年代呢？

我覺得海明威的一代又一代的觀點，太蕭瑟了。我覺得身在多重空間，比較像。我喜歡的張愛玲，老被批評掉在上海與香港的時空，如果張愛玲再上一次大學，在這個時空，她會愛上我嗎？

我常常會佇立在街頭，校園，看著美麗的小姑娘，年輕的小男生，好羨慕她們。心想：日子還長得很呢！我年輕時，怎麼會不知道欣賞她們呢？那些走過的，都這樣匆匆嗎？

如果沒有故事，人生會不會好一點，可以重來嗎？就像CD片倒帶就好，影片可以重播。

2021／12／01

今天不小心提早到教室，看見我的博士班同學一人在教室，她說，這一小時，是系上爲服務大學部同學，所提供關於文章寫作增進的輔導課程。

我說：怎麼會一個同學也沒有呢？

這個課程，沒有獎勵，沒有懲罰，沒有預約，沒有點名，所以沒有人來。她說。

她有很深的感嘆，學生不用功，程度也上不去。

中文系的武功，好像被廢了，找不到出路。

隔壁的教室，中文系的學生不是跟老師討論學業，而是正在向老師哭訴找不到工作，生活有困難，要跟老師借錢。

這個世界的價值觀都在改變。

我想，我撿到一個好寶貝。我請她開書單給我，我回去好好練功，下周來跟她學習學習。增進文章寫作的能力。

2021／12／15

今天的文章寫作，老師讓我們看一部電影，叫《天之驕子（The Emperor's club）》，劇情是一個中學歷史老師，教學認眞，品格高尚，如何和學生互動的感人故事。

以前看這類勵志電影，都很感動，像春風化雨，覺得老師眞的很偉大。只是，我教書半生，從開始入行，懷抱理想，到歷經教學苦難，像修練行僧，到退休，退出市場。現在的心境，可以說「月照花林皆似霰」，無以明狀。

我有5點想法，簡單說一些：

1. 老師有分數決定權，會影響學生命運的取捨時，還是要公正。我應該不會去更改學生成績，只爲了鼓勵某人上進。所以像這部電影的情形是沒有發生在我身上。如果當初杭老師公正處理，不會有這齣戲了。
2. 杭老師的學生都很優秀，他應該無法體會教到程度很差的學生，心情的悲哀。
3. 現在學生和老師的關係，比較像市場買賣行爲。老師販賣知識，學生購買。決定權是在學生身上。而不是傳統的尊師重道。
4. 我有預期到故事的發展，學生會有樣學樣，不可收拾。我也是深受其苦，太嚴，學生反抗搗亂，太鬆，學生家長學校有意見。終我一輩子教書，都沒能處理好這種情況。

5. 貝爾作弊，同一種錯誤，犯兩次，是不應該。杭老師還被利用作政治工具，只好說學生給他上一課。可惜，愚蠢無藥可救，沒有智慧。

這是我的一點心得，希望對大家能有一點用處。

2021／12／12

我今天又被關在人言大樓！

繼上次被關在圖書館，今天第一次被關在人言大樓。

我終於把報告寫完了，正要下樓，恐怖的事情發生了，全部都給鐵門關住了，我緊急呼叫電梯的電話，都沒人應。只好回9樓想辦法，萬一出不去，只好睡在學校了。發現全部只有一個房間有亮燈，我趕緊跑去求救，在老師帶領下，刷卡後，終於出去了。

我明明有提醒自己，周日只到4點。沒想到一頭栽進報告裡，再抬頭，竟已天黑。老師提醒下，才知道竟已過了5點半。跟本像在演電影，蒙太奇手法，一抬頭，竟就換成下一個場景。

看起來，逢甲很喜歡把我關起來，我是愈老愈糊塗了！人生真像在演電影。

2021/12/10

上周文章寫作，張老師要我們看「時光虛度之我見」，寫讀後心得。

我喜歡作者花了四十年，終於找到自己的人生道路。他認爲年輕時「虛度一些時光」是值得的。還很有禪意的說「天道微妙」，會讓我們找到自己的方向。

我比較不一樣想法的是，並不是每個人都有足夠幸運在很多年後，淸楚自己的方向，而且有能力作調整。往往時機已過，年華老去，壯志難伸，或是夭年不永，徒增傷悲。一輩子就這樣子了。

我覺得立志要早，才能掌握資源與機會。縱使將生命偶而浪費在美麗的事情上，也可以是個美麗的錯誤。而且要不斷自我調整，調適。生命是一次性的旅程，難以回頭。有時候機緣也是很重要的。錯過的，就不要再回頭了。

所以作者如果覺得西班牙文，給他人生成就。換成法文，德文，就是另一條道路，風景也許不同。人生體會自然不同。

我現在想想，我人生虛度了什麼？

我花了5個小時，喝一杯咖啡，呆坐在巴黎塞納河邊街道上。

我花了三十多個小時，只畫一顆小樹。

我爲了追求愛情，花了好多年，作了很多傻事，還被人遺棄。
我現在年紀一把，還來唸中文博士，這算不算是傻事？虛度人生時光呢？

2021／12／09

今天心情不好，低潮。
不寫了！

2021／12／20

今天的文章寫作，對王力宏緋聞事件，老師竟然要我發表感想。我說這是人家的私事，不好表示意見吧。

老師說她很有意見，於是就滔滔不絕的說她的想法。譬如說，男人變心，絕不要求其回頭。女生要有自己的尊嚴。千萬不要寫分手信。當事實無法挽回，不要撕破臉，這對雙方都不好。要冷靜妥善處理。交往時，不要收禮，如手機……

她還播Enya的歌，only time送給分手的人。

唉，感情的事，怎麼說得清呢？

2021/12/25

文學裡的香爐

我想，我簡短敘述一下，文學裡的「香爐」，作爲我看過相關研究的一種補充。

一般而言，香爐是一種古代文人雅士的生活方式，表現一種生活意境的概念。宋代詩人用香來表示自己風雅，楊萬里有焚香不煙的典故。紅樓夢裡的賈母，就有「爐瓶三事」的故事，黛玉清早起來梳妝，還要點上藏香寫經，還有寶玉的安息香等等，那是有錢人家的生活方式。

香也用香囊形式來表現一種情愛的意義。牡丹亭裡的杜麗娘送給柳夢梅的是一個銀香囊，作爲定情之物。紅樓夢的春意香囊引發一場大風波，害司棋背黑鍋，趕出賈府，悲劇收場。

在張愛玲的小說，第一香爐，第二香爐，則是文化差異下，殖民時代上海的女性愛情悲劇。

至於李昂的北港香爐，把香爐隱喻成女性生殖器官，是把張愛玲的香爐意念世俗化，物化了。

帶有宗教意味的香爐研究，李建緯老師有系列相關研究，聚焦在年代，型制，造型的研究。李潼的順風耳的新香爐劇，試圖給媽祖一個新故事，也算是一種新的嘗試。

文學裡的香爐，可以寫得很多，先寫到這。

2021／12／27

今天去保養車子，花了不少銀子。很心疼。

但我看到一個新奇的事。

保養廠來了個女客人。似乎話講不完。我算了一下，講一通，至少40分鐘以上，修車師傅前後來了好幾次，都小心翼翼，不敢吵到她。重點是，講到投入處，她會把大姆指頭放入耳環圈內。我猜，此刻，應該很忘我。類似高潮。

像不像四百年前原住民，喜歡把耳朵打個大洞，穿一根蘆葦管。我之前想不通原住民這樣做的理由，現在我懂了。原來可以沒事的時候，戳耳洞，很爽的啦！

2021／12／25

我今天收到我訂的書，日治時期南社詩選。剛開始看。

小時候住在台南市，故鄉的地景，有一種既熟悉，又模糊的距離感。說熟，我今天才知道我小時候常去控窯的竹溪寺的山叫作桂子山。五妃廟在我家旁邊，吳園，法華寺……，原來我住在一坐文化城裡。不熟的是那一串人名，好像我不曾住在那裡。

我要研究的人，原來還是我阿公，孩子的曾祖父。我一直以爲台灣古典文學，日治時期的文學，是一個跟我無關的歷史片段，現在發現，我竟然是歷史的一部分，捲進歷史漩渦。好奇怪的感覺。

冥冥之中，可能眞的有個神在操控。

我只在台南見過95歲的阿嬤一面，那年她老人家去世的那天，魂魄卻來北京找我，沒去找她5個子女和孫子，跟我說了一堆我從來不懂的話。在20多年後，我卻神奇的上了南社的古典詩，日治時期報紙的課，然後看到阿公的名字。在文獻上看到年輕時的阿公和阿嬤。還有她和他的一切。我很後悔年輕時不懂珍惜所有的人與事物。

這一段的生活，眞的是充滿好奇特的際遇。也許，每個人都是歷史的一部分，歷史的漩渦，沒有人可以例外。

2022/01/03

我這兩天在看兩本如何寫詩的原文書，我看到艾略特（T. S. Eliot）的詩，the love song of J. Alfred Prufrock，和（Leaned backward with a lipless grin.）好有感覺，我還滿喜歡的，我也認同他的一些觀點，於是我就訂了3本有關艾略特的詩集，到時候深入研究一下。

我想起我國中的時候，偷看爸爸的唐詩，宋詞，我都盡全力把它們背下來，我還背了整本李後主的詞。後來還挖存錢筒和壓歲錢，去買了喜歡的泰戈爾詩集。認識了徐志摩，林徽音，背了偶然，再別康橋，人間四月天等等。後來高中時，就看了很多詩集，有美國詩集，惠特曼草葉集，梭羅湖濱散記，拜倫，濟慈等等，其實大部分都一知半解的。印象最深的是「霧來了小貓的腳」。

到了大學時代，就跟人家流行，看了席慕蓉，鄭愁予，余光中等人的詩。眞的還背了不少詩，和同學聚會，追女朋友時，最好用，最風光。那本原文書上說，18、19世紀的英國人，追求情婦，不會寫一兩首詩，算不上是完整的人（complete man），好好笑，想來應是這樣的情境。

後來有一陣子特喜歡背古詩，是因爲1993年，我陪老闆去南京，當地的地陪，好像有點文化水準，路過秦淮河畔，就吟起詩來，我就隨興跟著唱和，兩人一搭一唱，簡直欲罷不能！把老闆丟在一邊，我好像回到古時候，李白，杜甫，和高適雲遊，有一種千古風流的情懷，飄飄然的。我才稍微領略到詩詞吟唱之美。

2021年，來唸中文系，看了鄭老師的書，也看了一大堆簡政珍的詩集和做詩的理論。鄭老師開了一些書單，就一頭栽進去了，從楊牧，洛夫，白靈到一堆詩人。還看了龍青的風陵渡。現在還看了一些年輕人寫的現代詩。雖然很多現代詩，借現代生活的題材，我覺得我愈看愈不懂，好像我是上一個時代的人，意象之說，學院派式的現代詩，常常讓我看了看就睡著了，唉，我程度太差了吧！

所以，我才會想要去追溯源頭，看一些正統介紹作詩的理論與概念。希望這是對的一種嘗試。

詩是文人的隨身武器，是匕首，是手槍，隨時讓世人有刺痛的驚醒。

可是，詩人到處都有，只會玩小圈圈，難怪就不值錢了！

2022／01／04

臺灣古典文學課時，老師笑著提到要派我去外文系修課，可以讓古典文學和西洋文學互相比較了解，我心裡想到：喔，要派我去「和番」？

古時候皇帝會派個公主嫁給番邦，去和親。學中文的，要去認識紅毛仔？我來唸中文，還要去搞英文？難不成21世紀也要這樣，才叫跨領域？

心裡暗想：他們怎麼知道，我要去外文系上文學課？怎麼洩漏出去的？

今天上課還提到宋澤萊的研究，赤崁集，魔怪意象世界，台大台文所也研究他的作品，看起來他是個偉人喔！

2022/01/12

鵝戲

我的人生很悲慘啊！不只破產倒閉，妻離子散，一生拮据，連走在路上都會被一隻鵝攔路！

我高度懷疑這隻鵝是在跟蹤我，遠遠的看我走來，就一路尾隨。當我眼睛看到她時，我故意放慢腳步，她也走慢了。我故意停下來，她也停下來。我心想：不會吧！這麼邪門！

有好幾秒的時候，我都不敢動，眼睛放下來，看著地上的磚頭，深怕驚動這一方人士，她也停下來，側著頭看我，她也不動！不會吧！這麼深情款款的表情，我只有在看著情人的時候，才有這種呆掉的感覺！那時候，我是呆頭鵝啊！

如果她是那個我每天朝思暮想的畫家美女就好了！

這隻鵝看來也捨不得走，停了好一會兒，好像若有所失，一擺一擺的，慢慢地，走在我前面，還會回頭看我，不會吧！四百年前的原住民女生，看到她喜歡的男生，也是這樣一前一後，帶去草叢中「野合」，難不成這回我還得失身？

我腳步走得很輕，很慢，故意放大距離，就像現在的女生被跟蹤後，想要擺脫騷擾，看距離走遠了，我就快步閃身走人，逃離這個紅唇鵝！

好驚險的一個早晨！

2022／01／30

1月30日上午8:34

女人，年輕時，貌美日用品。常常用身體換男人。

芳華時，時尚品，用名牌，LV、CD、Chanel，定位自己。釣幾個上手的。年紀大了，是過期品、瑕疵品、古董品、爛梨裝蘋果，也不肯賤價出售。

可惜，我一直是窮人，日用品買的少，時尚品只能觀看，到了過期下腳料，我又不甘心被人挑。

就這樣，蹉跎又蹉跎。人生過了砸了鍋。

女人作用：生小孩，裝飾品，當財富，性欲滿足，慰安，象徵性，收屍。

2022/01/31

除夕，中午，他們都來了。我有先看到兒子，沒想到S也在。S都不理我。很冷。很尷尬。早知道就不出現了。

很多事都要學會放下。

二十多年了，妳我都60了，人生沒有幾個春天了。不要這樣恨我，我們也可以是陌生人，不是朋友啊！

唉，我都已經放下了。我的女人都恨死我，我眞的可恨啊！

晚上，我煮一鍋，請妹妹一起來吃，妹妹拒絕了。很可憐的妹妹，到處隱藏，一家人要吃個飯，好難。

2022/01/21

外面下著雨，天氣很冷，15度，到處濕濕黏黏的，風吹得刺刺的，車子匆匆開過，濺水到處，馬路上的坑坑洞洞，像是打亂的音符，雨水奔命的趴在車窗上，像是要抓住我的臉。兩旁的樹像是灰色的，眼前望去只有紅色，紅綠燈色，交通號誌的顏色。我好羨慕走道上的樹，不用雨傘，不必躲雨，任憑天下，洗滌了葉子，洗淨了灰塵，雨天過後總是容光煥發。我就會感冒，發燒，生病。也許我就是一顆會走來走去的樹吧！

2022／01／20

我找了顏元叔，豐子愷，琦君，林文月是以前就有收集一些。這些人物著作這麼多，琦君還以散文集較多。顏先生以英國莎士比亞文學和詩稱著，一些民族主義的思想，熱愛中國的言論，到時候怎麼處理。這種知識分子，既反對美國，也反對蔣集團人物，又說是自由主義，又稱頌共產中國，那些人是受外國人欺負的，所以骨子裡不喜歡美國，希望有一個強大的中國，可以保護自己同胞的心情是可以理解的。但是又得喜歡中共，又實在不敢領教。做個文化人，中間分寸哪捏實在困難。想想豐子愷，枉死在文革，多少中國人因為這場浩劫犧牲，這個政權可以原諒嗎？裡面說中國大地震，美國人捐款很少，2萬5千美元，因此歸因說美國人不可靠。問題是台灣人捐了多少，幾百個億元，也沒看見中國對台灣有多友善呀！所以應該不是用捐款多少來表示對中國的喜愛吧！

看起來，眞是不容易處理。

2022/01/19

在林口，很冷的天氣，外面的景色，灰灰的，像是退去了一層色彩，很像法文legerement teintee de gris。

我剛看完艾略特的詩 the wasted land，我覺得我不是很懂，原來詩，一首長詩，需要這樣處理。他用了很多典故，很多別人的詩句，很多地方都是隱喻，讀起來很辛苦，不太能懂得他的意思。我也不太懂得書中作者的詮釋，弄懂他的解說，和弄懂原詩的意思，一樣艱難。原來詩是這樣看的！

我下學期的戲劇，寫「詩在戲曲中的隱喻意象」討論愛特略與葉維廉的觀點，試試看吧！

散文中的詩化　散文詩

2022／01／18

我又開車回林口。我可能要躲到二月過完年後。
我應該來寫點東西，但是我又像冬眠，隱藏起來。根本不想做什麼。
我給妹妹的番茄，終於出現了，給了她。

買畫記

2022／01／17

我一直反覆在想，要用什麼散文體裁寫這篇，我不想是記敍文，又不像抒情美文，只好隨性了。

我今天終於和我心中的女神畫家見面了！我是懷著和老婆或情人相會的心情前去的，我期盼得很久了！

可是，她只是把我當客戶看，從頭到尾，她正襟危坐，身體前傾，口若懸河，傾全力解釋她的畫作理念，創意構想。好辛苦。以前有個老畫家曾經對我說，說不用靠賣畫爲生，我是幸福的。

（我圈出來，是因爲這樣寫，讓她很不滿）

我以前也賣過畫，我超討厭買家一直殺價，把藝術作品的靈魂，當成菜市場買蔥。我也買過我同學的畫，那時候她去北京當交換學生，畫裡有一種北京的味道，我在北京生活一陣子，很難忘記的味道。

我很喜歡她的畫。簡直是還沒有戀愛的現代夏卡爾！充滿幻象的色彩繽紛的世界。我幻想，我眞願意活在夏卡爾的世界裡。

我現在能稍微感受到學了藝術，又學了文學，帶給我欣賞藝術與文學的喜悅。豐富了多彩的生活。

最後附記，今天是我們家妹妹，我的女兒生日。除了祝福她之外，我希望在她聰明絕頂的腦袋裡，還有懂得欣賞藝術的品味，充實她的人生。

2022/01/20

昨天學姊賴來問成績，我說我已經不在意成績了，他似乎對何老師很怨懟，覺得老師很不喜歡他，很不對感覺。聽起來老師給他的分數好像讓他不太滿意，下學期不選了。我跟他說這些都只是他個人想法。搬出說中文系門戶之見，他這一派算是大派，正統。他上面有林文月，臺靜農，台先生跟周作人，魯迅是一夥的。她似乎不願意涉入，只想平淡過日子，又想去大學教書，相互矛盾。被情緒勒住，沒有眼光的女人。到了博士班還在意學期成績，說他上學期是班上第一名，給你一百個第一名，做學問如果沒有精進，能有所獲，又有什麼用呢？在於自己的修行，爲什麼要在意分數呢？

2022/01/16

前些時候，大膽的跟老師說要寫散文課整理出書，現在看起來有點不自量力。看了胡適與林語堂的故事，我深深覺得自己好渺小好渺小！我什麼都不懂，也缺乏理論根基，就這樣要去評論人家的文章。我想說欣賞可以吧，還要有鄭明俐說的8點態度，也太難了吧！我唯一可以贏他們的是，我還活著，這就是一股力量，勇往直前探索的力量！

加油！

2022/02/16

我想，我不去上大學部的戲曲課了。教室在地下室，不通風，空氣很悶，整個人昏沉沉的，還睡著了。黃老師是以前退休的主任，似乎余和慧如老師很喜歡他，他已經有7.5年沒教書了。課裡，我感覺到有一些霉味，像是陳年普洱茶。也不能說他教的不好，就是味道不地道。有點走味。

我想上上博士班的課就可以了。

我如果現在去教書，不知道會不會也這樣。

奇怪，我上外文系的課，備受關切。我到時不上還不行喔！

2022／02／17

我想，臺灣史專題課，我應該是摸索到應對方式了。我只要截取我想要的就可以了，其他，就跟上學期的態度一樣，保持低調，不作發言。這個老師應該是屬於背後下重手的人，用一大堆paper掩飾他的想法的人。

今天英國文學的課，就不去了。我不想引起騷動，影響學習的樂趣。留一科明年再來念。

2022/02/14

今天第一天開學。

我開始去外文系上課了。今天這一堂是小說，老師選O Henry的short story，全英語上課。

老師9:30才來，晚到20分，連說sorry。

我睡過頭，9:25才到，我想從後門進教室，但是只有一個門，剛開始，學生以爲我是老師，好多隻眼睛看我，好像箭射過來。60幾個同學，100多隻眼睛！

我試探看了教室，縮頭，問同學，才敢走進去，好沉靜的幾秒，感覺像幾個世紀。

教室在四樓，竟然沒電梯，走樓梯，4樓！累死了，喘死了。

第一次上課，課程說明。小說novel or fiction區分comic, tragedies, satiric, romantic四種plot form。

老師還說明Realistic novel, prose romance, bildungsroman, metafiction, documentary novel 等多種不同小說定義。

外文系好像比較活潑，同學間互動較多。

O Henry 的故事我以前念過2篇而已，一篇是聖誕節禮物（The gift of the Magi），一篇是冬天最後一片葉子（The Last Leaf），都很感人，印象深刻。

2022／02／17

桌子的心事

陳學長下課閒餘，正在彈琴。

我聽了一會，就故作語重心長的說：學長心情很亂喔，琴聲有心事，……

學長再彈了一會，才緩緩說：這種桌子不是木桌，折射較高，紘震動較強，音較不定。不是我有心事，是桌子的問題。

我不好意思的說：喔，原來不是你有心事，是桌子不好呀。

學長很含蓄的說：可能吧，我也不懂桌子的心情。

我愣了一下。

學姐聽到後，順口便說：要多格物致知哦！萬物都有靈，桌子也有它的心情，要多溝通，琴聲也可以聽出桌子的心事啊！

哇哩咧，我有點呆住，這裡眞是中文系嗎？

2022/02/18 難以擺脫的恍惚

我好像在夢幻裡，身似夢幻，意識有時候常常會恍神。恍恍惚惚，……

年輕的時候，常常被幾世重複出現的夢幻困擾，我常常夢到我不斷的重複在當兵，重複去部隊報到，奇怪，我都這麼老了，也退了，怎麼還要當兵？有在中山室吃飯的夢境，有躲在草叢裡，有一次我帶兵從山路走下來，遇到我自己，還互打招呼。有一次坐在卡車上，帶兵的我和駕駛的我聊天。

我夢到我考上研究所好幾次，有中山、有大央、有經濟部，我在公布欄重複看到我的名字，我在台大門口集合好幾世。有些研究明明是以前我作過，他們怎麼會不認識我。我去一個機構上班好幾次，我還去以前公司，重複遇到以前同事，奇怪，他們並不認識我，我以前是他們的長官，現在是倉庫員，他們竟然都不認識我，我常常走過荒蕪的倉庫，工廠好長好暗，有很多設備。

我好像有一個愛人，可是我常常忘記，沒有約會，人家跑來找我，我才猛然想起，過後，我還是不記得打電話給人家。以前以爲是前妻，後來又變成別人。

我夢到在一個空曠的山腳下，住了一陣。然後又再夢到相同情況，我還蓋了校舍，有時候是矮矮的平房，有時候有一堆學生，有時候有人在上班，我後來缺席了，被逐出了，看起來不是很愉快的幾世。

我現在也有一個愛人，可是我也常常不去找人家，我現在是在作夢，還是清醒的？爲什麼跟以前的夢這樣相同，還是這本來就是在夢中，不會醒過？還是我跟本沒有愛人，只是我的幻覺？

2022／02／21

今天非常冷，10度左右，又下雨，到處濕濕的，黏黏的，我的手很冰，腳常常感覺有隻涼手在拍我，亂不好受的。

我今天上英文短篇小說，發覺自己沒有課本，下課趕快去買，沒想到上課要用的課本已經賣完了，還要等明天下午才有得買。

這個學校買英文書很好玩，我以前都沒碰過。通常我們買書，我老師開出書單，學生就會派出一人，或班代幫同學購買，老師基本上不過問書本事情，很少看到幾乎全校全委託一家書商代爲採購銷售，還把老師的課與書籍編號，每個人只要記得什麼號碼，去一個櫃台，就可以買到所有的書。看起來還算方便。價格看起來有較低一些。

今天上的故事是Oliver Goldsmith（1728-1774）的 The disabled soldiers，應該有點年代的文章，小說還滿幽默有趣的。大意是說，有錢人老愛誇大自己的不幸，一點小事就要說成很大的災難；窮苦的人就只能默默忍受。主角幾經災難，斷一隻手，斷一隻腳，被關在監獄很多年很多次，卻對生活想得很開，還說窮人最好習慣悲慘的生活，而不要學哲學家教人要看輕苦難（habitual acquaintance with misery serves better than philosophy to teach us to despise it）。算是有勵志！

不過這種說法，對17、18世紀，同一個時代的臺灣漢人，與原住民應該不太適用。這也是西方資本主義，或重商主義盛行，帶來的嚴重社會問題。小說寫得很好，但是應該正視背後的意義。

1789年法國大革命應該快要到了。

2022／02／22

Shall I compare Thee to a summer's day?

今天英詩第一首教莎士比亞的第18號十四行詩。「我可以將妳比喻爲夏天嗎？」這是莎士比亞的十四行詩中最著名的一首，同時也是讀英文系的學生必修的一首英文詩。這首詩相當優美。

心血來潮，我把它改做成清晨的露珠。「我可以將妳比喻爲清晨的露珠嗎？」只寫一半，意思到了就好。

Shall I compare you to a morning's dew?
Shall I compare you to a morning's dew?
Thou blossom more pretty and much bright.
Butterfly will dance the seeds breed of June,
And morning's sign all too short a life,
Sometime too shy the ears of heaven sing,
And often is her lyric gesture trembled;
And every moment by moment sometime dying

2022／03／04

山鬼賴

我今天有跟山鬼一段賴的對話。
山鬼：早喔，你怎麼都已讀不回呢！
我　：不好意思，我跟湘夫人約會去了。
山鬼：那裡約會呢？
我　：去淡水約會了。
山鬼：那，我昨天晚上躺在淡水河面上哼著小曲，你有沒有聽到？
我　：我，我，……
山鬼：早上，我化作一道晨曦，
　　在八里碼頭，挽著你的手，陪你散步，
　一波一波的潮水，是我的思念。
　白鷺鷥站在木樁上看得入神。
　灰藍的天空，添上紅酒色的橋，剛過了風飄雨靈的寂寞季節。
　我穿著豹紋的衣服和我的跑車，躲在水筆仔叢後，你有沒有看到我在跟你招手？

我　：不好意思，屈原大哥找我，待會再回覆妳。

也許，思念蕭蕭，夜鳴離憂，對山鬼是合適的。

公子如我，註定千百年唱負心的調。

後記：山鬼是屈原九歌的一個篇章。陳義芝老師上課時，舉了很多詩人的作品，像余光中，楊牧，向陽和他自己。我想作一點和他們不一樣的。現代一點的。所以我寫成這樣。希望有點看頭。

2022／03／07

妻子

今天的英文小說上歐文（Washington Irving）（1783-1859）在1819年寫的《妻子》（The Wife）文章。

在歐文的時代，存在「維多利亞式經典（the Victorian paradigm）」，妻子是天使的化身，男人最大的財富。她會把家變成人間天堂，黑夜裡的明燈。使婚姻成爲堅強的堡壘，住在夢想的小茅屋，兩人團結，可以克服所有的挫折、困難與災難。

他寫wife is an angel, she plays a harp, her name is Mary, she makes their home a heaven on earth, she wears a white dress with flowers in her hair and she serves him strawberries and cream.（她總是穿著白色的衣服，頭髮上帶著花，每天都能夠讓先生享受草莓和奶油）。哇，眞是感人！

他第二段寫：

As the vine, which has long twined its graceful foliage about the oak, and been lifted by it into sunshine, will, when the hardy plant is rifted by the thunderbolt, cling round it with its caressing tendrils, and bind up its shattered boughs,…….

有點像《孔雀東南飛》裡說的，夫妻感情很好，

「君當作磐石，妾當作蒲葦。蒲葦紉如絲，磐石無轉移。」

把先生當大樹磐石，女生做藤蔓蒲葦，很有相似的感覺。

其實就我的經驗，歐文寫的好妻子，其實是一個謊言！騙局！世界上不會有這種女人！真實的人生婚姻不可能存在的假象！

（後來，易卜生《玩偶之家》，女主人娜拉才會離家出走！才會造成當時震撼！）

我還想到，梁實秋在《雅舍小品》裡說的女人愛說謊，脆弱，動不動就一哭二鬧三上吊，她的聰明，只會做家事，女紅，說點有學問的事，恐怕都是假的；男人就是髒、懶、自私、驕傲、長舌。看起來上一個世紀，中國人比其美國人素質水準差很多喔！

2022／03／25

我今天又忘記筆記電腦，又走回車上去拿。

昨天，禮拜四，我忘了，拿錯吃藥袋子。要將存摺簿歸位。

禮拜三，天氣很冷，下雨，我忘了拿外套，開車回家拿衣服。

禮拜二，我把電腦放家裡，出門忘記，又開車回去一趟，很匆忙。

周一，我路過便利超商，忘記去領書，只好繞回去。

領藥的賴一直追我，催我，我還是忘記了

我會不會記憶開始退化，老是忘東忘西，會不會有癡呆症？

我會不會忘記我有愛人？曾經有過的愛的記憶？

昨晚抒情美學的課，有點像是博士班的課了，很有水準。學姊的報告，有用心整理，終於露出科班的功力。

我負責抒情傳統的報告講完了。

曾老師的解說很不錯，點出4個我沒有注意的事。一是抒情美典理論內化成爲人生態度，二是文人畫是高友工最理想的抒情美典，結合山水畫和水墨畫，三是其他抒情如戲劇，結構不同，四是王維詩中有畫，以終南山爲例，說三遠。算是有水準的一堂課。老師還要我的PPT檔，做將來教學上的補充，眞的是教學相長。

只是，可能會苦了其他同學了！

與嵇康有約

2022／04／17

今天的古琴演奏有一個很奇特的曲目，叫做〈長清〉，很少有曲目是這樣清淡無味的。像陽春白雪，醉漁唱晚，都有意境畫面，或有點詩意，很少是這樣的。

我特別孤狗了一下，竟然是嵇康的作品，好教人驚訝！嵇康（223-263），魏晉時代的人。竹林七賢之一。向秀在〈思舊賦〉裡，非常感傷他被殺，看著日影，彈著〈廣陵散〉，面臨死亡，很酷。

嵇康，這一系列有四首，〈短清〉、〈長清〉、〈短側〉、〈長側〉。我今天聽到的只是其中一首。古書上並沒有說他是怎麼寫出來的。只有傳說他是和一隻鬼學〈廣陵散〉，並沒有說，他是晚上遇到鬼後才寫出來的嗎？還是在修練時寫出來的？爲什麼別人會說你，清剛絕俗，最接近廣陵散呢？那一定是在與鬼相遇後的事了。你的鬼對你比較好。

台上的師父彈著你的曲子，我感覺，好像你就坐在我身邊，曲調是這樣古樸雄直，意境超脫，你是在嚮往成仙後的遨遊嗎？還是厭世空明，清潔無塵的傾訴？已經過了一千八百年了，你心情會好一點嗎？你有看過你的好朋友向秀寫的〈思舊賦〉嗎？你去的世界，有沒有更飄渺呢？我們現在的世界比你那時候還複雜，你的曲子就更無明了！

你可要常來我的夢裡敍敍，再過一百年，只要現實世界繼續紛亂，還是會有人喜歡你的調調，應該不會有人誤會那是蔡邕的作品了。到時候，我就可以和你作朋友相聚，親身聽你彈奏你的歌。

2022/04/28

小蝶媽媽，於民國111年4月27日晚病故，深感哀痛。

我認識她媽媽的時間並不長，大致在今年三月下旬初認識，當時媽媽已病痛多年，雙眼全盲，初見我時，涕泣哀號不能自已，大哥解釋說母親因高興女兒有伴，不致孤老，甚爲欣慰。第二次見面時，媽媽全身痛楚，已無進食意願，我欲勸其稍微喝些流質，也未能有用，小蝶好言安撫，仍難減瘦痛於身。後雖數次進出醫院，實肉體上的折磨。

現在媽媽肉體解脫了痛苦，是件幸事。翠蓮感傷此生再也無父無母之人，無以盡人子之孝，哀，可悲也以！

粉抹登場

2022/05/04

自從我看了幾齣《牡丹亭》、《桃花扇》、《西廂記》、《白蛇傳》等戲劇以後，我覺得戲曲課愈來愈有趣，剛開始上課都我在發問，今天幾個同學，也都有接連發問，感覺很熱鬧，上起課來頗有興味。

我很感嘆，如果人生就像在演戲，感覺應該會不錯。一出場，從你的臉譜，就可以判斷你是忠臣，還是奸人，是惡人還是善人；從你的衣著，就可以判定你的身分階級，是兩班貴族，還是賤民。人生就可以很簡單，不會受到詐騙。奸臣臉就畫得白白的，奸眼窩，像曹操、董卓之流；你要是丑角，臉的正中央就有一塊豆腐白，要不然一片花白，腰子臉，或棗核臉；你要是富貴人家，就會有員外帽，或紗帽，或純良帽。我是窮書生，一定穿黑布料，東補一塊，西補一塊，戴著文生巾。說著說著，但願下輩子出身富貴人家。

我的人生大概已過了半，想要再粉抹登場，看來也是不容易。只有在戲劇裡，我可以天天扮演侯朝宗，場場眠香，可以演個柳夢梅，去赴遊園驚夢，或飾演張生，約會鶯鶯。可以不斷重溫舊夢。我想戲曲的好處應該就在這。現實生活中，卻不能如此。實際上扮個丑角，混口飯吃，恐怕才是眞的。只是這辛酸，卻不似關雲長唱「這也不是江水，是二十年流不盡的英雄血！」

說實在，我還是眞喜歡白素貞，既毒蛇、又邪惡、又有禁忌的美麗。看她救許仙，又是那麼深情眞摯，我好希望我就是許仙，有個好白蛇，人生什麼都不需要奢求，躺平就很夠了，死了也甘願！

戲嘛！別太認眞！

2022／05／05 楊牧的老年心思沒人懂

今天上陳義芝老師的課，討論楊牧和陶淵明詩的文本互換。我提了一個新的研究觀念，連老師也沒有想到，大家都很驚豔，使得這堂課呈現高水準的演出！

我認爲目前所有研究楊牧晚期與陶淵明的關係的研究，都是錯誤的。那些所謂大師其實都不懂楊牧的心情。最多談到楊牧已經把陶淵明精神內化之說，其實也是不懂裝懂。更何況那些穿鑿附會的無關之說。

簡單的說我的觀點。

我認爲，2011年開始的楊牧，已經不想學蘇東坡和陶詩，他已經到了一個新的層次，到了陶淵明的精神境界了，但是他沒有陶淵明的窮困乞食、酗酒、賞菊花的寒孱，他是現代的，物質富裕，與精神充裕的陶淵明，他既是陶淵明，又不是陶淵明，他跟陶淵明對話，又不是跟陶淵明對話，他自己就是現代陶淵明，他問自己，現代的陶淵明可以做什麼，他想要在陶淵明的層次上再做點什麼！於是他在陶淵明的幾篇詩作上，以陶淵明的篇名，假想他是現代陶淵明，重新構思現代這個陶淵明怎麼思考這個詩篇。這個現代陶淵明是醉心於他的詩的國度，詩是他的菊花，看見他的南山。

我用這個觀點，解開了所有陶淵明和楊牧的互文詩。

老師笑著對我說，晚上楊牧、陶淵明、蘇東坡都會來找我理論。陶淵明會來找我，因爲我說他乞食、酗酒、寒孱。嘻嘻，都來都來，我想會會你們。

2022/05/07

讀晚明小品雜感

我花了一點時間，把吳承學的《晚明小品研究》看過了。當然包括一些公安派，張岱等人文章。

我明白幾件事，1.小品文的發生原因，來龍去脈。2.公安派、竟陵派幾個人文章，如三袁、鍾譚。3.小品文的清言，閒情韻致、閒適眞趣等晚明習氣。4.其他，如寫作形式，和晚明小品的衰亡。

我可以感受周作人、魯迅、胡適等人對中國古典文學散文的傳承之思。何老師對傳統散文的自我期許。但，我總覺得那個時代應該已經過去了。

同時期的臺灣，1600年以後，荷蘭人成立東印度公司，覬覦臺灣，原住民被奴隸，經歷荷蘭，西班牙，鄭氏，清廷統治。我有點時空錯亂。好像不同的世界。

在沈光文沒來前，臺灣是沒有文學的，沈光文也只是個二三流的文人，臺灣沒有在這個晚明小品的時代巨輪中。什麼獨抒性靈，什麼生活情趣，閒情韻致，放誕輕狂，清言小品，其實跟臺灣一點關係都沒有。這樣感覺跟莎士比亞的距離是一樣遠。都是外來的文化。

糟糕，這樣說，看起來會被戴帽子喔。我要表達的是，這個中國文學大趨勢，對我們可能是冷感的。難以體會他們傳統知識分子的使命感，想用白話文學來改變社會的企圖心。臺灣的文學，或現代散文，應該走自己的路。

菜根譚印象

2022/05/08

昨天看晚明小品時，我好像對《菜根譚》，還有些印象。國中一年級的時候，老師指定的課外讀物。書本小小的，長長的，百來頁吧，放在手上，可以隨時翻看，好像口袋書。

那時候，老師一天指定看一篇，有時候還會要我們念一段，問我們懂不懂，說一些故事給我們聽。要抽背的時候最緊張，聽故事的時候最好玩。

菜根譚的內容，我那時候倒是背了不少。好像教人要讓三分，做什麼要退一步。話不要說滿，淡泊明志，欲望要清淡之類。後來還有念松下幸之助的書，我還記得一兩句，說人生不是每天鋪滿玫瑰花的路，而是充滿荊棘戰鬥的。對於我那時，英文數學常常苦於考不及格，是很勵志的。

其實，說菜根譚的內容，我真的早已淡忘，但是，我偶而還會記起，像是影片定格；早上朝會後，老師瘦弱的身影，在黑板寫今天要讀的那一頁，大家就跟著翻書本，我打開書包，從書包裡在找書，老師轉頭過身的那一刹那，臉上戴著微笑的說話。啊，多年少稚嫩的歲月！

信紙上的飛蟲

2022/05/15

假日的午後，陰雨綿綿，我小睡了一會。

睡夢中我快速的飛走，走得好快，停不下，兩邊暗黑白霧，中有很多幻境，像是走過某些街道，跨越花園宮殿，車水馬龍的城市，昏暗的騎樓。

我用走的，也像在爬的，跳過某個場景，最後，我被擋在一座高樓的石階，黑石階的旁邊有黃昏暗的水溝，我怎麼爬也爬不過去，前頭是一個好高大的屋頂。看起來很近，我用手怎麼也攀不到。

我跌落一張好大的信紙，一排排，一行行的字，好像在控訴我一生的罪過，我傷心的哭泣，愈讀我愈小，字紙愈來愈大，我好像是信紙上的一個小飛蟲。

我看到信紙上有一隻小小飛蟲。

然後，我又看到我在讀信。

我發現我在做夢，我從夢境醒來。

信裡，好像寫著，不該執著一些情感，好不容易創造一個美好前程，一起建築的局面，既然破了局，沒了事業，沒了老婆，就不該不肯忘記，執著過去的情，執意把破裂的鏡子裝修成看見華麗的景像，人都走了，不該把凋謝的蓮花拼貼成盛開的花苞。

人如果沒有情與意，就像萬物，最後化作塵埃，回去自然。想要抓住逝去的情意，就像抓住空氣中的嘆息。

我記得的愈來愈少了，妳的容顏，也已經模糊了很多，再過一些日子，我所珍愛的一些往事，也逐漸變得不重要了，貼在心裡頭的一些小貼紙，也都掉了。

我努力的記下一些妳欠我的錢，妳欠我的恩愛，妳欠我的道歉。

那次吵架，妳欠我一個吻，那次我送妳遠行，妳欠我一個擁抱，妳欠我的……，我愈寫愈多，還是愈寫愈少。怎麼後面的字，愈來愈漂浮，淚水像是橡皮擦，不行，會把字擦掉的，眼前印象會糊糊的……

我沒有說話，整天都在想夢裡的那封信。

第四章

神仙傳新解

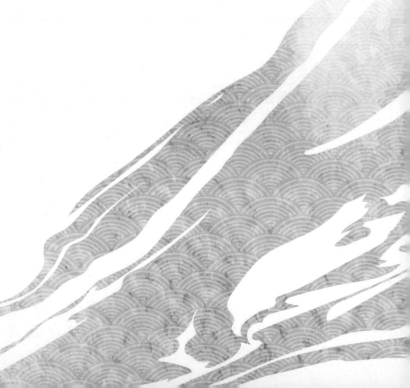

我想從今天開始寫點神仙傳奇。

最近，我看了劉向的列仙傳，干寶的搜神記，葛洪的神仙傳和山海經，感覺上像打開了一個新世界。我以前都看蒲松齡的聊齋，接觸的都是鬼，現在發現還有一片神仙世界，眞是神奇！

可是，我有一點擔心，寫神仙，愈寫愈難，我想從當代藝術史，或當代哲學的觀點來看兩三千年前的傳記，給這些神仙新的觀點，這種寫法和以前聊齋寫法不同，我不知道可不可行，至少我以前沒有看過。

我會愈拆愈短。我並不喜歡愈寫愈難。

我列一些有趣的寫吧！

1. 爲什麼要當神仙？當神仙有什麼好處？
2. 神仙都長怎樣？
3. 神仙都吃些什麼？
4. 神仙有什麼法力？
5. 當神仙後去哪裡？
6. 神仙都是哪裡人？
7. 神仙都幾歲？
8. 神仙的故事？我最喜歡的神仙是誰？
9. 其他 好神仙，壞神仙？

1. 為什麼要當神仙？

其實，我發現，爲什麼要當神仙？每一個時代都有每一個時代的理由，「當神仙」好像是一面鏡子，反映每一個時代想當神仙的夢想，每一個時代人士的烏托邦。透過烏托邦的美夢，傳達對幻想世界神往，印照對現實世界的不滿，恐懼，逃避或補償，反射現實世界的不完美。

在遠古神話時代。神仙是風師，雨師，火師等化身，像黃帝自以爲是雲師，能呼風喚雨，表現遠古時代，人類對大自然的無知與崇敬。

到了春秋戰國時代，神仙是對時代進化有幫助的敬稱。像老子，被尊爲聖人，隱君子，呂尙協助周文王得天下，務光，介子推都是以才稱著。

到了西漢，在劉向書裡，除了少數例外，神仙大都是以他的長壽稱著，教人服餌，食植物，或若干礦物獲致延長壽命，並且救濟世人，避免天災。像安期先生，稷丘君，東方朔等人以長壽方法教世人；幼伯子，鹿皮公等人蔭庇後人。

在列仙傳裡，是仙，不是神，這些仙人是沒有仙格的，神仙沒有階級大小，不用管理天上或人間事務，大都不用煉丹丸，不用有經典書籍，做神仙，沒有強烈說明是上天選定的，還是天生異常。我覺得，機緣巧合是一種可能，講究天然長壽方法，是不二法門。可能是那時候，醫學條件不發達，自然災害，瘟疫，病症，常使人壽命不長，所以人們透過神仙的烏托邦，祈求是很長壽的。像彭祖有八百歲，崔文子三百歲，脩羊公，陸通等人數百歲。

到了東漢末年，戰亂頻仍，道教興起，魏晉時期，政治腐敗黑暗，社會凋敝，民生疾苦。所以神仙的角色，也大大不同。

簡單的說，在干寶，葛洪的神仙傳記裡，神仙世界是有尊卑之分，剛成仙的，是見不到資深的，神仙也有升等制度的，像老子升格爲太上老君。每個神仙管轄事務也不同，也有管區制的。

神仙要有仙骨仙相，一般人是無法成仙的。想要成仙還要有人帶領，有儀式，煉金丹藥丸，還有熟讀經典書籍，還要飲食，導引，呼吸吐納之法。非常複雜。還有分派別的。

這樣努力成仙，不再只是爲了長壽目的而已，成仙是爲了逃避現實世界的繁荷負重，挫折失敗，生命短暫之苦，幻想在另外一個世界，可以伸展抱負，可以過得比較舒服適意的人生，不用肩負沉重的擔子，不再受現實世界的奴隸。還可以利用法術，去凶避禍，甚至消滅自己在眞實世界的敵人。

於是就有隱逸遁世的成仙思想，瀰漫整個紛亂的時代。

後來的道教受到佛釋，道家，儒家的相互影響。加上唐代的富強，講求現實生活的價値與意義，唐代以後，神仙世界的概念又不同了。

2. 最可憐的神仙

我覺得最可憐的神仙應該是漢代的鉤翼夫人。

雖然史書沒有記載，但是，從歷史發展來判斷，她死時應該不會超過三十歲，不是長命百歲的神仙。

漢武帝立年幼的弗麦爲太子，殺了弗麦的母親，鉤翼夫人，是有名的歷史橋段。

可疑的是，漢武帝已是一個六十多歲的老頭子，怎麼老婆竟然懷孕十四個月才生，以他多疑猜忌的個性，難道沒有想過鉤翼夫人有讓他戴綠帽的疑慮嗎？所以，他一定要找個理由把這女人殺掉，才能平息他的疑慮！

從她的成仙故事來看，多半是後人可憐她不幸的遭遇，所編造出來的。

故事說她的屍體不冷，香一個月多，可能是屍體的味道太重了，被別人私下處理掉了，所以，當她兒子即位當皇帝後，重新安葬，開棺後，卻不見鉤翼夫人屍體，只剩下她的一雙絲做的鞋子。就假設她成仙去了！後人還幫她建祠建廟。

生在那樣的時代，貴爲皇帝的母親，還要犧牲生命，換得兒子的榮華富貴，到底是幸還是不幸？權力眞的那麼迷人嗎？

這種做皇帝的事，看來也不是她一個人可以掌握的！她的命運是受別人主宰的！眞實世界是受別人操控的悲劇。

把她變成神仙，希望她在神仙世界能夠過得平靜自然一些，彌補現實人世間的人們一些罪過與遺憾吧！

(43)《鉤翼夫人》

鉤翼夫人者，齊人也，姓趙。少時好清淨，病臥六年，右手拳屈，飲食少。望氣者云：「東北有貴人氣。」推而得之。召到，姿色甚偉。武帝披其手，得一玉鉤，而手尋展，遂幸而生昭帝。後武帝害之，殯屍不冷，而香一月間。後昭帝即位，更葬之，棺內但有絲履。故名其宮曰鉤翼。後避諱，改爲弋廟。闈有神祠、閣在焉。

3. 最幸福的神仙

這是我最喜歡的一段故事，《簫史》。或稱乘龍快婿，鳳凰于飛。

我喜歡《簫史》的這一段故事，既溫馨又甜蜜，這樣做神仙才有意義。

這對夫妻，吹得一手好蕭。蕭史先生可以讓鳳雀舞庭，老婆弄玉可以讓鳳凰來屋，每天生活無憂無慮，不用為生活奔波，夫妻感情又好。吹了幾年蕭，竟然可以一同隨鳳凰飛去，太幸福了！是兩個成雙成對的神仙呢！

這好像是神仙書裡，唯一一對幸福成仙的故事！

想來真實世界是不太可能發生的！幸福，成雙成對，共效于飛，只是一個鏡像而已，對真實的人生，看來也是一個烏托邦的幻想，幾千年來都是一樣渺茫不可及！

(35)《簫史》

簫史者，秦穆公時人也。善吹簫，能致孔雀白鶴於庭。穆公有女，字弄玉，好之，公遂以女妻焉。日教弄玉作鳳鳴，居數年，吹似鳳聲，鳳凰來止其屋。公為作鳳台，夫婦止其上，不下數年。一旦，皆隨鳳凰飛去。故秦人為作鳳女祠於雍宮中，時有簫聲而已。

4. 最短命的神仙

這個故事看起來還有點詭異，有點悲情。

木羽，十五歲就當神仙去了！相對於列仙傳中的衆神仙，算是相當短命的神仙！他的神蹟，還頂怪異的。是個男生，怎麼會幫女人家助產？剛出身的小寶貝，怎麼會在他的看顧之下，眼睛大開，嚇死寶寶，也嚇死寶寶的媽媽。沒事，顯什麼神蹟嘛！

十五歲就被天上車馬迎走了，說明在那個時代，活得長短，有一定的定數，是上天的安排，不是個人所能控制的。如果這樣，祈求長壽的人看來是在跟老天作對，侵犯老天的決定權嗎？這個故事跟前面的仙人意義都不一樣。

故事說是有一隻鳥每天送魚來給他媽媽吃，送了三十年，這算木羽死後的顯靈神蹟嗎？爲什麼只送三十年呢？難道要老媽媽要自謀生路嗎？

媽媽一個人，孤獨的活了一百多歲才死，有點孤老蒼涼！有點無奈！連個辦後事的人都沒有！

(69)《木羽》

木羽者，鉅鹿南和平鄉人也。母貧賤，主助產。嘗探產婦，兒生便開目，視母大笑，其母大怖。夜夢見大冠赤幘者守兒，言「此司命君也。當報汝恩，使汝子木羽得仙。」母陰信識之。母後生兒，字之爲木羽。所探兒生年十五，夜有車馬來迎去。遂過母家，呼「木羽木羽，爲御來！」遂俱去。後二十餘年，鸛雀旦銜二尺魚，著母戶上。母匿不道，而賣其魚。三十年乃沒去。母至百年乃終。

5. 最陰惡的神仙

這個故事是列仙傳中，唯一的一個有負面報導的神仙。

在後來的搜神記和神仙傳等陸續都有這種類似故事，但神仙會侵犯人的，就只有這個故事，很是奇怪！

姓陰的，在西漢末年，東漢時期，是個大戶人家，也出了一些神仙，還出了一個陰麗華，當劉秀的皇后呢！

故事這個姓陰的，陰生，竟是一名乞丐！

陰生的神蹟，看來都不太愉快。有人向他潑糞，官員收押他，把他銬起來，想殺掉他。他讓那些對他不敬的人，都受到懲罰，甚至還殺了十多人。

京城中還流傳兒歌，說看到他要給他美酒，免得房子倒榻。就是要祭拜他，遠離他。

這個神仙，是因爲他是乞丐，所以受到歧視，不公平對待嗎？做乞丐做到讓人嫌惡，看起來神仙本身也很不具善意！

如果他是眞神仙，爲什麼不能讓自己體面一點？

還是他像濟顛和尚，要扮乞丐，渡化人生嗎？可是那個時代，還沒有濟顛活佛的概念啊！所以推測漢代當時應該也沒有佛家的想法。

眞是很邪門！

(53)《陰生》

陰生者，長安中渭橋下乞兒也。常止於市中乞，市人厭苦，以糞灑之。旋復在裡中，衣不見污如故。長吏知之，械收。係著桎梏而續在市中乞，又械欲殺之。乃去灑者之家，室自壞，殺十餘人。故長安中謠曰：「見乞兒，與美酒，以免破屋之咎。」

6. 神仙械鬥仇殺

我很驚訝，我看到山海經裡面這幾段時，怎麼想都想不懂，天神怎麼會殺來殺去，發生械鬥仇殺呢？

第一件是，鍾山神的兒子，叫鼓，竟然夥同另一個神，叫欽䲹，在崑崙山南面，合謀殺了另一個天神保江。

到底他們之間有什麼仇恨？卽使兩人被天帝處死後死後都還不甘心！是爭奪地盤嗎？是利益衝突嗎？還是爲了女人，感情糾紛呢？還來陰的，計謀殺人！

一對一單打獨鬥，可能沒有獲勝把握，所以兩個殺一個？怎麼殺的？書上竟然都沒交代說明，而且保江眞的被殺了，一個神竟然被殺死了！很詭異！

天帝知道這事，很生氣，竟然也把他們兩個殺了！

天神世界這麼血腥！

這兩個被殺的天神很不服氣！欽䲹化成大鶚，鼓化成鵕鳥，人們看到大鶚會帶來戰爭死亡，遇到鵕鳥會帶來大旱災，他們就是不給人間好日子過！

保江呢？就這樣白白的被消滅了！

另一件事也是匪夷所思。

有一個神，叫貳負，他和他的手下，另一個神，叫危，兩個一起追殺另一個神，叫窫窳。也是兩個殺一個，也不知道他們之間有什麼深仇大恨，非得置他於死地！有十個巫師，全力保護窫窳，還拿著不死藥給窫窳保命，都還救不了他，還是被貳負和危殺死了！出來混，早晚是要還的！

很恐怖，這回比較像黑社會仇殺的感覺，道上兄弟出手相救，還是不能救他！這次天帝知道了，卻沒殺死他們兩個，只是把他們銬在山上，把他們的右腳用腳鐐鎖起來。還把他們的雙手反綁，綑綁在山上的大樹。

這種無期徒刑，比較像在電影上看到的懲罰惡魔的場景。如果有一天，他們的封印被解開了，又將是腥風血雨的恐怖事件！就可以再演續集！

這兩樁事，天帝處理的方式有不同，保江可能比較無辜，所以天帝以殺止殺。窫窳可能是闖了禍，違背江湖道義，所以天帝雖然處罰，並沒有殺死貳負兩人。

我只能從結果來推論，卻不清楚他們之間有什麼恩怨。

此外，我覺得他們兩組，四位天神，殺人以後，應該趕快潛逃到台灣，台灣的法律寬鬆，殺死幾個人，都不會判死刑的！更何況和大陸沒有司法互助，都可以是無罪的！多好的犯罪天堂啊！

7. 最長壽神仙——彭祖

彭祖活了近八百歲，是眾仙中最長壽的！

所有的神仙傳或列仙傳裡的故事，神仙雖然大部分祈求長壽，有厲害法術。但是都很寡情，或無情，總是一個人，孤獨寂寞。

寡情是因爲，有部分神仙關心族人安危，百姓生命。

無情是因爲，他們都活得很長，時代變遷，都沒有適應問題嗎？面對親人朋友的離異，兒子，妻女的死亡，難道他們都不會心中痛苦？

活得更長久，就得要忍受更多親人的死亡痛苦，難道這些人都沒有感覺？難道他們都習慣了？都能忍受寂寞孤獨幾百年？

彭祖很自誇說他有過49位太太、54位兒女，這些太太、兒女，難道都只是統計數字？沒有情感？對於他們一個個離你而去，你很自豪？活得長壽，其實從情感角度來看，是對自己的懲罰！苦難折磨！

所以這些神仙總是一個人！孤伶伶的！

8. 天帝的故事

我現在來說說山海經裡最有權勢的一位天神，終身職的上帝，萬能的眞神，至高無上的眞神，他有絕對權力對衆神獎善罰惡的眞神！

推測這個天帝，應該就是黃帝，複姓軒轅，發明了不少東西，號稱中華民族共同祖先！

他應該是一位對敵人殘酷，對下屬非常嚴厲，不留情面的長官，威權式的領導，殺氣很重！但對自己人，卻是循私偏心。他也是很腐敗的長官，到處玩女人，養情婦。看來不輸給希臘神話中天帝宙斯！

當他得知，鍾山兩位天神，合謀殺了另一個天神，他就處決了兩位兇手天神。

處理貳負和危的仇殺案，殘酷的銬綁兩位主謀天神。

只因爲鯀未經同意，偸了他的東西（息壤），他盛怒之下，就把鯀殺了。然後應該有點後悔吧，就從鯀的肚子，造出鯀的兒子大禹！當神眞好，可以亂搞！

當他打敗另一個敵人炎帝時，他並沒殺他，只是把他流放，據說炎帝是他同一個父母的兄弟。可是他對待炎帝軍團中的蚩尤等天神卻是極其狠毒。

蚩尤和黃帝大戰幾回，蚩尤兵敗被殺！另一個炎帝手下，刑天，起來反抗，也是被黃帝砍頭！黃帝還殺了炎帝的部將，夸父，還對外宣稱夸父去追日，渴死的！

奇怪的是，黃帝並沒有對有戰功的應龍獎勵，黃帝對幫助他打敗蚩尤的一位得力女神，女魃，也相當冷淡，置之不理，還要勞煩他的孫子叔均去關說，黃帝他才願意給女神一點好處，有點偏心不公。好像有點安撫的味道，他又封了叔均，去當田祖。

他還睡了不少女人，把這些女人生的兒子，分封到犬戎、北狄和東夷！

后稷的媽，黃帝的妃子，因爲踩到黃帝的腳趾頭，也會懷孕生下后稷。

他大概不喜歡商的始祖契（棄？），因爲契的媽，也是他的老婆，誤吞一隻鳥的蛋，生下了契！他的老婆和別人有一腿，契的爸爸不是黃帝，有點戴綠帽的樣子！

黃帝還封自己爲雲師，他萬能的知道自己的死期，叫人家幫他做了一個大鼎，放在荊山下，通知所有的百官來參加他的祭典，看他在當日乘龍昇天。

他的權力欲望眞大，在世人間終身稱帝，死後成仙，成天帝，也要統領衆神，難道就沒有人可以制衡他嗎？他眞是獨大的眞神啊！我該崇拜他嗎？

9. 帝俊

天神世界裡，另一個也是權力很大的神叫帝俊。

相對於天帝的威權，帝俊顯得比較和藹可親，他沒有殺過其他天神，也沒有打過戰。

他應該是主管文化部和經濟部的長官。他們家比較像是集團企業，跨足音樂舞蹈藝文，汽車製造，輪船製造，技術研發等產業。

他應該也是一個愛好女色，生殖力超強的長官，他娶了好多老婆，生下一堆怪物。

他有一個老婆叫羲和，生下十個太陽。

聽說後來發生后羿射了九個太陽的故事。

后羿是帝俊的部下，很神勇，后羿的弓箭，也是帝俊給的。帝俊只是交代他要好好治理自己的子民，並沒有證據說要他去殺自己的兒子太陽。

羲和應該很傷心兒子九個被殺，每天駕著馬車，陪剩下的一個太陽從東邊升起，到西邊落下。這事，屈原老大哥還寫在他的文章裡。

另一個老婆叫常羲，她更奇怪，生下了十二個月亮。後來不知道發生什麼事故，變成十二個月分。一月、二月、三月……，一直到十二月，全部到齊了，就過了一年了。我覺得這裡很詭異。

他還有一個老婆叫娥皇，到了孫子義均這一支，發明工匠所要的技術。

他不知道跟誰又生了八個兒子，都很能歌善舞。

他還生下一個兒子叫晏龍，很會做樂器，發明了琴和瑟。他們家是開樂器行的。

他生下禺號這一支，到了孫子番禺，創造了舟船，再過兩代，吉光發明了車子。他們家是開汽車公司和造船廠的。

他還生了帝鴻，兩面，黑齒，幽容等國的舉國之國民。

聽說幾千年後，上一個世紀時，有一個大人物叫王國維的，認爲帝俊就是帝嚳，高辛氏，這樣就變成和堯、舜同一階層的長官，神的地位就降了很多，我認爲不太好。

古書也會亂掰，說后稷也是帝俊生的，難不成后稷的媽，踩到的不是黃帝的腳指頭，而是踩到帝俊的腳指頭？后稷的媽也亂搞嗎？

古代天神的男女關係看來也是很亂，我贊成通姦除罪化，這樣天神們就不用假裝是吞了鳥蛋，或踩到誰的腳趾頭，女神也可以大膽示愛，天上、人間，大家都是表兄弟！

10. 炎帝

《山海經》裡三個最有權勢的男神，除了天帝、帝俊之外，就是炎帝。

我覺得炎帝比較像是悲劇裡的英雄，很像霸王別姬裡的霸王，比莎士比亞戲劇裡的李爾王還慘。

他一生都在失敗苦難折磨中過日子。後世子孫老被黃帝的後代欺負。歷史對他很不公平。

他擁有很大的力量，卻被同父母的兄弟，黃帝打敗，遭到流放。

他的族人部將對他忠心耿耿，他卻管不住他們，起來和黃帝對戰，卻被黃帝打敗，有的被殺，有的斷頭，全部下場淒涼。

他有一個女兒，卻不幸乘船溺斃於東海，演出「精衛塡海」的故事。

打敗戰，被流放，將被殺，又喪女，老天啊！

他的孫子後代，共工，和黃帝的後代孫子顓頊，又打了一戰，又敗給顓頊。這回共工還闖了大禍，撞倒了不周山，撞斷了不周山上的天柱，天地都傾倒了，人間山崩地震，洪水爲患。還要勞煩女媧天神煉石補天，才解決了這樁禍事。

他的孫子伯陵，和別人的老婆通姦，這個小三，還懷孕三年，罪證確鑿，想賴都賴不掉，還生了三個兒子。

山海經的作者大概頭殼壞掉了，祝融是火神，一說是炎帝的孫子，一說是黃帝後代，顓頊的孫子，如果屬實，又一樁可怕的不倫外遇醜聞。

雖說炎帝是神農氏，教人民耕種，嘗百草治病。歷史對他也不公平，黃帝死時就可以乘龍昇天，百官朝拜。炎帝就要嘗草藥，中毒而死。連死都這麼淒涼，太過分了！

我找不出炎帝有任何打勝戰的紀錄，他應該就是一位魯蛇（looser），我想他的心情應該和我一樣，很鬱卒，很挫折，一生一事無成，還被流放到南方去，生活很苦的。後來聽說南方的苗族也跟他有關係。

我不太懂後來的人，都自稱「炎黃子孫」，還把炎帝放在黃帝的上面，不是「黃炎子孫」，炎帝只有這點比黃帝占上風。

11. 天神的花園

整個天神世界，就只有兩個神有花園，一個是西王母，一個就是天帝了。

西王母的花園，在崑崙之丘的地方，前面有弱水環繞，外面有炎火之山。書上只說：此山萬物皆有。書上並沒有說裡面有什麼裝潢陳設，看來是個自給自足的封閉系統。西王母住在花園裡頭，有三隻青鳥負責配送物資給西王母。

天帝的花園看來規模比較大，有神將守衛，也有神獸看顧。看起來分工很細，一個花園有兩個神在管，一個管外圍，一個管裡面的時節。這個看管的神獸，叫開明獸，也守衛天界。

天帝的花園聽說懸掛在空中，叫懸圃，空中花園的意思，應該要有美麗的花朵和宮殿，金台玉樓，但是，實際上有什麼，為什麼這麼神祕？還有神看守，其實，書上並沒有任何片語隻字說明！

天帝的花園在槐江山，山上有黃金、白銀、青雄黃、玉石和細丹沙等等產物。

由一個天神主管外圍，他叫英昭。英昭應該是神將，不是神獸。英昭他長得很恐怖，聲音也不好聽。馬的身子，人的面孔，有著老虎的斑紋，和鳥的翅膀。聲音像榴，轂櫓抽水，應該是櫓聲加上一點像煞車的尖銳聲音。

另外一個天神叫陸吾，他管天帝花園的時節。他同時也掌管天帝住的地方，天神九域的部界。

他有著老虎的身子，有九條尾巴，人的面孔，老虎的爪子。可怕吧，九尾虎！

中國古代至今，幾乎沒有老虎長翅膀，或九尾虎的圖騰或神。有專家說，這是由西亞文化中，蘇美人傳過來的。空中花園聽說最早也是巴比倫人的傑作。

希臘神話中，天神的花園，裡面有金蘋果，還住著三位美麗的女神。聖經也有記載，上帝的伊甸園，有蘋果樹，有蛇看管，還住著兩個人，亞當和夏娃。

但是，崑崙山上的園圃，沒有宮殿樓閣，沒有漂亮的公主，也沒有蘋果樹，沒有蛇在看樹，也沒有亞當和夏娃。也沒有人敢上去。

不知道爲什麼，從外面看上去，整座山光焰熊熊，氣象恢宏。顯神蹟嗎？還是有青雄黃，有硫磺氣在燒？

爲什麼要有兩位天神看顧？還有神獸守衛？軍事重地？皇家園林？黃金白銀產地？我也猜不透天帝的心思！

12. 西王母

神話世界中，最至高無上的女神，就是西王母。

奇怪的是，山海經裡，西王母並沒有和天帝，帝俊，或炎帝有任何往來，也沒有後世子孫，也沒有顯靈的神蹟事項，是一條獨立發展的路線，連她的花園，也自給自足，沒有神將或神獸守護。

西王母的原型，有點恐怖。有豹的尾巴，老虎的牙齒，喜歡嘯叫，頭髮散亂，戴著玉勝。她主管天災和五刑殘殺之氣。是個兇神，並不美麗，也不溫柔。

她獨自住在玉山上，也叫崑崙之丘。有三隻青鳥負責她的起居飲食。

後世對西王母的故事總是充滿幻想，就愈來愈多變和神奇。

最早傳出來的是，西王母和周朝的穆天子有一夜情，聽說西王母很喜歡周穆王，兩人在瑤池相會，西王母送他八匹神馬，和很多仙物。穆天子也答應還要再來，但是一去千年，音訊渺無。還被後來唐朝詩人李商隱取笑。這時候西王母有化妝，聽說變得很漂亮，還能歌善舞。

聽說西王母對神勇的后羿也有好感，送給后羿長生不死的靈丹，結果被后羿的老婆嫦娥知道了，女人對小三嘛，醋勁大發，嫦娥就把靈丹偷走，一口氣都吞下，昇天去了。這就是後來「嫦娥奔月」的故事。

其實，這事後來還有後續發展。只是大家都不知道罷了。

西王母知道靈丹被另一個女人偷吃後，當然很生氣，要給嫦娥一點顏色瞧瞧，就把嫦娥變成青蛙，讓她即使昇天，住在月宮，也變成醜八怪，沒人愛，得不到好處。所以嫦娥始終都是一個人，孤獨的住在月亮上，也回不去了！連後來阿姆斯壯登陸月球，也找不到她，她也不敢出來見人。

過了幾千年，聽說西王母又搭上漢武帝了，兩人常常夜裡私下會面，做什麼事，沒人敢說。西王母也送了禮物給漢武帝，這回也很珍貴，三千年才結一次果的仙桃，七顆蟠桃給漢武帝。最後好像她也沒有在漢皇宮殿長住，long stay喔。這時候這些好色的皇帝，風雅文人都誇西王母漂亮，有絕世容顏。是個漂亮的正妹！靚女！

後來道教興起，西王母開始變身變臉，加上佛教的影響，西王母愈來愈多變，愈來愈嚴肅，神聖不可侵犯了！

西王母變成道教原始天尊之女，瑤池金母。

西王母轉變爲玉皇大帝的妻子，並被尊奉爲「王母娘娘」。

後來在《西遊記》、《封神演義》、《七仙女傳》等等古書，都有她的演出。

西漢時，她是民間信仰的主流，地位很像現在台灣的媽祖。

有時候她又變成和斗姥元君混同起來。斗姥元君後來有說是觀世音菩薩。

從來沒有一個神的角色造型，像西王母這樣，藝術性和多樣性這麼強。不同時代，不同宗教，不同階層，上至天子，下到販夫走卒，對她有不同的塑造。滿足人們祈求平安，天人感應，被上天眷顧，母性的需求。

她可以是能歌善舞，絕世美女，美的標準。

也可以是多情的種子，風流才女，賢德兼備。

她也可以是兇惡死神，殘殺之氣的代表。

也可以是神通廣大，降妖伏魔。

她有無上權力，可以點化成仙。

她救世人於水火之中，普渡衆生。

她也可能是古代兇殘部族的圖騰或符號。

也可能是巫師，靈媒或薩滿附身的意象。

她是一個慰藉心靈，超度亡魂，無所不在，無所不能的聖母！

13. 被神仙教訓

昨天下午，我正在床上午睡片刻，神遊太虛的時候……

突然之間，有一個神仙擋住我的去路，他長得人臉，鱷魚嘴，有尖銳牙齒，狗的身子，老鷹的爪子，頭和身子之間，兩邊有三角形外露的板骨，上面有三個星星記號，應該是他的官階吧！

他說，我暴露了太多神仙界的內幕了，違背了仙界國安法，有人很不爽（應該說有神很不爽），要他下來教訓我一下！

他用力咬住我背後的腰脊椎，一陣刺痛，他的爪子劃過我的背部，傷痕很深，很痛，我也很驚恐，怕又被神仙殺人滅口了！

倉促之間，我趕忙求救，有一個好巨大的神出現，我看不見他的臉，他掰開他咬住我的嘴，然後把那隻狗神仙踢開，他被踢得很重，放開了我，用著憤恨的眼神看我，不情願的消失了……。

霎時間，我一陣驚恐醒來，摸著背部的腰脊椎，不痛，沒事，嚇死我了……

第五章

現代版世說新語

1.

今天小四的宇庭起了個早，來安親班，等著好朋友耘安來，一起去看電影。她枯坐在樓梯口，腳翹在樓梯扶把上，眼睛老往外看，嘴裡老催著我說：安來了沒，安來了沒！

我就笑她，古詩上有說「倚閭望兒歸」，妳比較像「倚梯望安歸」啊！

她說：「倚梯」，很像ET，未若改成「倚樓望安歸」，你覺得如何？

我覺得有點像世說新語的柳絮篇味道，不覺莞爾，特別記下這段。

2.意境

昨天，我和馬克先生去台中文化中心看畫展。

有一幅山水畫，馬克先生讚賞的說：「畫得眞好啊！層層的高山，起起伏伏，樹木茂密，綠竹扶疏，流水潺潺，人群踏洩，絡繹不絕！」

我搖了搖頭，說：「未若沈約的『山嶂遠重疊，竹樹近蒙籠』。意境上還少了一點『開襟濯寒水，解帶臨清風』。」

3.

昨天，全國菁英杯的獎盃來了，小玉拿到自己的大獎盃時，有點驕傲又有點不想要的表情，她說：「我的獎盃已經很多了，我不太想要！」

我想了一下說：「既然你不想要，榮耀歸你，獎盃給我吧！」

她想了一下說：「不，我拿回家吧！」

我心想，對一個十二歲的孩子，我是要教她「成住壞空」，世間一切功名都是空嗎？還是，我要教她，做人要卑下柔弱不爭，老子說「不爭，天下才能莫之與爭」？還是，我應該教她，要有榮譽心，向上心，光明正面的人生觀？

4. 手機篇第三十七

（1）

王大很感嘆地說：「如果連續三天不滑手機，我就會覺得我的形體和魂魄分離，不再相親近，喪屍一隻。」

（2）

我們家大樓門口，每隔幾天，就會有一群人聚集，來的人有小嵇，小沅，阿伶，小秀，阿戎，山雞，不咸，這七人常常聚在一起，談天呼嘯，旁若無人，號稱「抓寶打怪七閒」。

（3）

小祐上回來補習班，一進門就東張西望，問我有沒有Wifi，密碼多少？我問他做什麼呢？他說：「不可一日無手機！」，當然要先問Wifi密碼囉！

（4）

有一天下午，四個女同學，坐在一張桌子前面，有人正襟危坐，有人嘴巴念念有詞，有人趴著，有人神情緊張，她們雙手不停抖動，身子也會扭來扭去，一下子高興大叫，一下子罵聲連連，有人還以爲她們中邪起乩。

不知道發生什麼事，我近身一看，原來四個人共同在玩一款賽車遊戲，四個人正在比賽……。

（5）

王大說：「高手不必要功課成績好，只要平常眼神呆滯，無精打采，玩起手機遊戲來，廢寢忘食，食不知味，就可以稱高手了！」

（6）

小羅有一天來補習班，跟我說要溫習功課。進教室以後，他整個人坐在地上一動也不動。過了不久，他從教室走出來，一副心滿意足的樣子。他說：「我剛剛把這款手機遊戲下載玩過了，我要回去了，不想溫習功課了！」，就大搖大擺地走了。

（7）

有一天，我問王大說：「你比較厲害？還是劉備、孫權比較厲害？」王大跟我說：「當然我比較厲害！劉備、孫權兩三下就被我打爆了！還秒殺呢！」

（8）

小沅是某國中學生，他很想認識校排第一的資優生小野，有一天他們在校園遇到，兩人各自拿出手機，在同一款手機遊戲上廝殺三十分鐘後，兩人又各自默默離去。沒有一句話。

（9）

聽說黃山風景很漂亮，大夥正組團要去黃山玩，只見小沅拿出手機，孤狗了黃山的介紹影片，然後說：「我乘心而去，盡興而回，我已去玩過了！你們自己去吧！」

（10）

學期結束了，山雞要回澎湖去了。坐船的時候。山雞就把書本丟到海裡去。山雞說：「沉者自沉，浮者自浮，只要有手機，知識盡在裡頭！」

（11）

小瑜整天手機不離手，三更半夜還不時傳出玩手機的嬉笑聲，我很生氣，看不下去，於是就跟他說：「我要把你的手機沒收，不准再玩！」

隔了一下子，小瑜來跟我說：「我做功課，需要用手機，老師的作業筆記都存在手機裡，還我手機吧！」「你總不想要我沒寫功課，沒交作業吧！」

於是，我很不甘願的又把手機還給他了！

（12）

對面咖啡館來了一個漂亮的正妹，小嵇和小沅相約一起去咖啡館泡咖啡，也泡妹妹。當天下午我一進咖啡館，看到正妹手搭著小嵇肩膀，身體挨在一起，兩人緊張地盯著前方，聚精會神的——玩手機。

（13）

這一天小伶帶著兒子來到我家大樓門口，小伶拿出一塊板子，上面有十幾支手機，就開始忙著抓寶了，只見他不時向兒子解說手機上的操作，兒子也拿著手機，頻頻點頭示好，一副「父慈子孝」，和樂融融狀。

原來手機抓寶還能促進家庭關係和諧，實現天倫幸福啊！

（14）

曹操領著雄兵百萬，來到赤壁，眼看大戰就要開打了。

我說：「哎呀！你怎麼會把船鎖在一起呢？萬一火攻怎麼辦？」

山雞說：「大廈將倒，非我一木所能支撐的！來吧！」

（15）

《桃花扇》裡，侯朝宗和李香君一夜眠香後，思念對方，愛得很辛苦，侯朝宗和李香君如果有手機聯絡，絕對不會有離開三年，音訊全無，產生一連串不幸事件的發生，最後還要看破紅塵，出家去了！

即使出家，現代尼姑，和尚，道士也都是人手一機，手機不離身的。

聽了這則故事，我的朋友朝宗跟我說：如果有手機，王寶釧就不用苦守寒窯十八年了！她隨時可以和薛仁貴視訊交談，也不怕薛仁貴養小三，各玩各的，看誰厲害！

（16）

我覺得世說新語中這一段，很有現代穿越劇的味道，實在很奇怪！

嵇康和呂安兩人交情很好，每當想念對方時，即使千里之遠，仍然會駕車前去。有一次，呂安去拜訪嵇康，剛好嵇康不在，嵇康的哥哥就出門去找人，呂安不耐久等，就在門上寫了兩個字：「哀鳳」。

它應該不是書上解釋說的「凡鳥」，而是叫嵇康回電，call me！

咦！呂安怎麼知道一千七百年後，有一款手機叫「哀鳳」呢？

（17）

古代有「望夫崖」，表示女子思念丈夫，不得聯繫。

政治大學也有一女生宿舍，古時候戲稱「望夫樓」！

自從有了手機後，思念沒有距離，就再也沒有「望夫崖」，「望夫樓」這類的事情了！

（18）

古人用馬齒，年輪來表達成長的故事，現代人用手機來記述成長！

小一時，我給女兒買了一支手機，手機上只有爸媽和班級老師的聯絡電話，她老是抱怨，上課手機會響，會被老師沒收，一堆垃圾訊息她不會處理，她把手機常常收在書包裡。

小三時，她的手機多了阿嬤，叔叔，阿姨的電話，還有一兩個她的朋友電話，她用手機跟同學朋友罵來罵去。她學會了用手機去便利超商買東西，只要一刷就可以了，還是爸爸付錢，她可以不用付，她可得意呢！

小五、小六時，她學會了用臉書、line、IG，她的世界開始多采多姿。

到了國中時，她要自己出錢，買自己喜歡的手機。她整天躲在房間玩手機，無時無刻眼睛都盯著手機，走路吃飯都看手機。她已經會用手機買書、玩遊戲、追劇、去蝦皮購物、買一些她自己想要或喜歡的東西。開學註冊學費，她也是用手機刷，不用爸媽了！

現在更頹廢了，連超商也不去買吃的了，直接叫Uber外送，半夜還吃外送消夜！

至於上課筆記、查資料、寫作業、請假等等，全部用手機搞定！任何不明白的事，上網查，也不要聽老爸老媽的意見了！

隔壁的阿花，搞了一個網路直播購物，當起網紅了！

有一個女同事，在上班時候，還可以用遠端遙控，看她的寶寶，和寶寶說話。

人的一生，離不開手機！

手機實在太偉大了！孔子就會讚美手機說：「如果上天沒有生手機，萬古如長夜！」，還說：「如果沒有手機，我們都會被髮左衽的！」。沒有手機，就沒有文明！震撼吧！

我最近也開始擔心，老婆是不是在我的手機加裝了衛星定位監控之類的東西，連我偷偷私下跟小妹妹約會、談話的內容，她都知道！太詭異了！

第六章

苦澀的成長

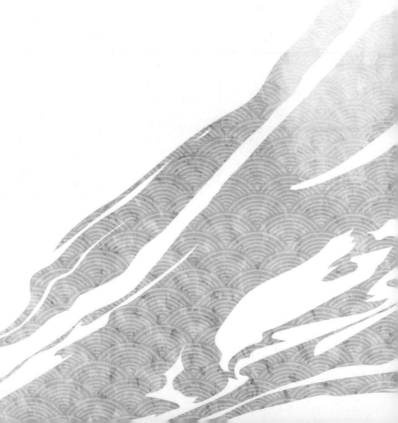

1. 放學

這應該可以說是現在臺灣小學教育的一個特殊景象。
放學的時候，學校門口，學生成群，家長等候，安親班忙著接人。
整個過程，約10分鐘到30分鐘，熱鬧非凡。
我們這裡，位於台中七期的國小，有錢人家的孩子居多，一到放學，名車接送，車水馬龍，綿延不斷，絡繹不絕，交通大打結，很多賓士寶馬，真像豪華房車展示場。

小時候的放學，你還記得多少？對我而言，我已經很模糊了。
小時候的放學，我都和同學自己走回家，爸爸媽媽幾乎從不會來學校出現過，也沒有安親班接送，不像現在的接送情景。
我的家，離學校很遠，要走一個鐘頭左右的路。
我還可以記得，校門口有一攤賣吃的雜貨店，黑黑暗暗的，塞滿了東西，我們有時候會在那裡逗留一陣子，用幾毛錢，買一點紅紅的芒果乾，或零嘴，彈珠，冰棒，紙牌之類的東西，然後就邊走邊吃，開始走路回家。
記憶裡，我會先經過幾個大孩子的學校，再經過一個幼稚園，好像叫素梅幼稚園，我唸過那裡，短短的幾個月，那是媽媽和爸爸吵架後，我被媽媽帶回高雄阿嬤家，暫時留置的地方。再走過一條長長的小巷，竹籬笆圍的，那好像是人家的後院，常常有廁所的臭味溢出，我們都要摀著鼻子走過。雖然，長大後都沒有了，但我似乎腦海裡都可以感受到經過時，那種難聞的氣味。

我們還要走過一條大水溝，一座高起的小丘。小丘上面有防空洞，有時候會關著一些阿兵哥。那條大水溝，颱風時會淹水。我還記得有次車禍，那人連車摔死在水溝裡，我看得清清楚楚。現在都已經剷平了，建起高高的大樓。

我還會經過另一個小學的幼稚園，志開幼稚園，我和弟弟都在那裡念過。其實，我也沒念很久，就轉走了，我好像記得一些事，像我玩梯子，被撞流鼻血，很恐怖的紅色經驗，或是一群小朋友在升旗。我還是沒能在這家幼稚園畢業。我常常笑著對我的孩子說，我什麼畢業證書都有，小學到博士，就差一張幼稚園畢業證書！他們當時都覺得不可思議，幼稚園畢業證書，他們都有。很好笑吧！

我們的老師住在山坡上的眷村裡，我還記得曾經和爸爸去她家裡送禮。

到家前，會繞過一條臭水溝，走到村子口，村子門口有10號公車，有我很多的記憶，包括我和人打架，玩耍，追女孩約會，被爸爸追著打，吊在村子口的樹頭上，被鞭打的回憶。感覺上，好像是很遙遠，又很像是昨天的事……

長大後，我才知道那個地方叫「水交社」，是個有名的眷村區。進村子前，還會有一條馬路，當時看起來，馬路很大，有很多樹木和壕溝。旁邊有個軍營，我們常常去營區裡面看電影，電影是無聲的，旁邊還有人會講話旁白說明，大大的影片捲盤，常常斷片，黑成一團，大家就聊起天來，蚊子很多。現在都已經沒了，軍營早搬了，眷村還成了觀光景點。我去了幾次，跟兒子說以前的故事，感覺像是跟他說古時候的「話本」。

歲月就這樣流轉，時空改變了我們。

現在，看著成群的孩子放學，大家跑跑跳跳，等著家人來接，或安親班來接，不用自己走長長的路回家。我常常在想，五十年後，他們就會跟我一樣老，他們會記得現在的模樣嗎？半個世紀後，又會有什麼樣的情景呢？那時候，我應該不在了，能留下來的，可能就只是這些片語隻字了。

2. 再一次小一

如果我可以重新再當一次小一，If I were 7 again，如果可以再一次7歲，可能嗎？如果還可以重回小一，我想要做什麼呢？我以前從來都沒有想過！

今天，小朋友期末考結束，有些人考得好，有些人考得不好，才小一，怎麼會考到六十幾分呢？以後怎麼辦？我就想到我小一時，到底考幾分呢？真的沒印象了！應該不會太好吧！

如果真的可以回到小一，我會想要過什麼樣的生活？會上安親班嗎？我會打電動嗎？我會有和從前不一樣的人生嗎？

我常常跟我那幾個優秀的兒子女兒臭屁，說我小一時有多壞，你們是比不上我過去「豐功偉業」的。他們似乎不太認同我的行爲。

我小一入學的第一天，就和村子裡的同學打架，爲什麼打架，我也不太記得了。我的白色衣服都沾滿鼻血，媽媽在半路上接到我時，印象中，媽媽還幫我換衣服，我還被臭罵了一頓。以後我還跟他們打了好幾回架。

我的學校在一座稻田的中央，當時還沒有蓋好，那是民國54年的時候，1965年，我記得我們有好幾次上課沒有教室，就在校門口大廳上課，有了教室後，我坐在最靠近門口的地方，我好幾次趁老師不注意時，就跑出教室，翻過矮圍牆，逃學去了！現在的孩子，好像都沒有逃學的概念，都不會做這種事。

第一次逃學很緊張，怕被抓到，以後就很熟練了。

逃學做什麼呢？我也不太記得了。好像就是在外面亂逛亂走而已。

我記得有一回，我走過一排排的田埂，綠油油的稻田。看著藍天白雲，有很多花草樹木，我還去抓蚯蚓，腦海中，有小鳥飛過的印象，我喜歡吹著自由的空氣，自由的在樹下睡覺那種感覺。

第二天回學校，就會被老師處罰，接下來幾天日子就不太好過。

一下的時候，我記得我們有一段很長的時間在校門口大廳上課，有時候會遇到下雨天。國語課，其中有一課教到烏鴉喝水，第一次被老師誇我字寫得很漂亮，我很高興的回家跟媽媽說，這是我童年回憶裡，唯一一次被老師誇讚的記憶。這一段黑歷史，跟兒子女兒獎狀獎杯一大堆，眞是兩個世界。

一天下午，老師不在，我還幹了一件大事！

我帶頭去欺負班上新來的一對劉姓雙胞胎姊妹，我打開她們的書包，鉛筆盒，她們趴在桌上哭泣，我還用筆尖去刺她們的手，還很得意。我還去掀她們的裙子，她們去跟老師哭訴，老師很生氣，處罰了一堆人。當然，我後面的日子也不好過。後來她們就轉學了。

當時根本不懂什麼是非對錯的概念，長大後，我對這事，很是懊悔。她們兩個後來好像成績不錯，長得又漂亮，家世又好，是個風雲大人物。只是物換星移，人事恆轉如流，都未能再有機會跟她們道歉了。席慕蓉說這是成長的結痂。

小二時，我還會更壞！

人生成長只有一次，是不能再重頭來的。

我希望我的小朋友都能快快樂樂的過生活，我努力陪伴他們走過人生的這一個階段。我的兒子女兒都很健康而優秀，聰明而自律，有自己的主見，讓我不必太操心。感謝上天！

如果真的可以回到小一，我想，我絕不會再選擇逃學、打架、欺負女生的壞孩子！我會選擇好好念書，照顧女生的。

我希望選擇過一個有自我個性的生活。不必一定像陶淵明，老想隱居田園。也不必是馬克吐溫小說，《湯姆歷險記》的Huckleberry Finn調皮搗蛋，而是能活得自在，活出自己的我！

我想小一應該不懂這一些吧！

3.小二的日子

或許，你可以想像一個80歲的老年人，坐在電腦前面，寫他的人生懺悔錄。對他過去揮霍的歲月，懺悔他過去所做所爲。配上華格納的音樂與歌劇，出現高更的繪畫作品，它在告訴你：「上帝啊！拯救我的靈魂吧！」

我一定年輕的時候，把靈魂賣給了魔鬼。我和魔鬼做了交易，用我年輕無知的貪歡，交換罪惡的內疚，傷害了所有愛我的人，也毀滅了自己。

故事說到小二的時候，民國55年，1966年的時候。當時後現代主義才開始，安迪沃荷的普普藝術才興盛。

那時候爸爸的衣櫃裡，有一只大皮箱，很神祕。裡面有很多東西，有錢，有郵票，有看不懂的地圖，文件，和衣物收藏品。

長大後，才知道那時候，大陸撤退來臺每個人都有一只皮箱，逃難用的。裡面有錢財衣物，回家的地圖，車票，文憑，戰士授田證……。爸爸當時相信，只是暫時到臺灣寄住，不用多久，就會回大陸老家。我現在還能記得，爸爸翻開那只皮箱，充滿憧憬對著我和弟弟妹妹說，他的老家在江蘇哪裡，怎麼回去家裡，老家有什麼人，反攻大陸後，他的田地在哪裡，這個夢，隨著歲月消逝，老爸也過世了，看來是永遠不會實現了。像不像莊子說的，他的一生像做了一個夢，醒來也沒發現自己其實是在一個夢裡作夢。

我當時不懂，無意中發現這個木箱，很好奇。我暗自裡把錢拿走，買東西請同學吃，我把郵票和很多東西，拿去送別人。有一天，爸爸發現，他的錢不見了，東西短少很多。我的謊言被拆穿了，爸爸非常生氣，拿棍子要打我，我一時害怕，跑了出去，爸爸看我跑了，就更生氣追了出門，我在村子奔跑，被爸爸追打，鄰居都出來看熱鬧，我在村子口，被爸爸抓到，我被綁在樹上，吊起來鞭打，全身是傷痕累累，這種痛，是一輩子都不會忘記的羞辱！在媽媽央求後，才放下我，我也不知道怎麼回家的！

那一年的日子眞倒楣。

有一個下午，我和兩三個鄰居小孩在玩，不知怎麼，我們竟然決定去偸隔壁鄰家賣的甘蔗，因爲甘蔗豎起來，有三角障礙掩蔽，我想應該不會被看到，沒有想到，我們失風了，被看到，沒偸成，更糟糕的是，我媽竟然在現場，和賣甘蔗的阿婆在聊天，當場人贓俱獲，下場非常悽慘！

那一年的日子是黑暗的。

在一次玩彈珠遊戲時，我和村子後面兩個鄰居，吵架打起來了，我一個人和他們兩個打架，有一個姓蔣，一個姓蔡，事情應該不小，雙方家長都出來理論，我後來就再也沒有跟這兩人一起玩了。如果我記得不錯，姓蔡的，成績很優秀，跟我一樣念台南一中，後來，他在一個大學當專任教授。姓蔣的後來就搬走了，下落不知。

爸爸大概覺得我很糟糕，拜託同鄉的徐老師，對我嚴加看管。記憶裡，我常常被老師打手心，常常被訓話，罰寫功課，逃學被抓回來。上課念書，冷不防老師就在我後面，我就挨了板子。抄功課，我被罰到講台下一個人抄寫。假日還要去老師家寫功課。這個徐老師像鬼一樣，如影隨形，還是我二年級導師，她長得不高，黑黑瘦瘦乾乾的女人，有一點駝背，老是穿著長旗袍，鄉音很重，板起臉孔，像是童話故事裡的老巫婆！同學們都不敢接近我，我的日子過得非常艱辛！像是活在暗黑世界裡的烏賊，靠著抹黑生活。我想這個時候，魯迅的〈影子〉也會想要離開我的，沒有光明！

這就是我記憶裡的小學二年級。很黑吧！

後來，爸爸覺得我沒救了，就把我轉學，學校應該也很樂意把這個問題人物送走吧！於是，三年級我就轉學了！希望有個好的將來。

4. 第一次重生

三年級時，我轉學了。我轉到進學國小，三年八班，我的導師是林隆昌先生。我剛開始去時，被當成異類，我也是很久才融入他們的。

我的記憶愈來愈清楚了，記得事情愈來愈多了，我只就幾件事說吧！

第一件是這位班長，應該姓沈，班長是一個長得高高的、長髮的女生，應該算是很漂亮的女生，衣服都穿得整整齊齊，她的成績永遠都是第一名，眼睛長在頭上，像一隻驕傲的孔雀。

我卻常因爲午睡的問題，跟她起衝突，她當班長，管午睡秩序，卻常常用筆去戳我和同學的眼皮，用粉筆去畫人家有沒有午睡，搞得我不想午睡，每次都被記名字，害我被老師處罰。

長得漂亮，成績又好的女生，卻常常欺負我們這種成績差的同學，講話又很不客氣，老是叫我們做東做西。讓我從小就對這種人很討厭，可能也有受她影響。唉！想重生不容易喔！

我三四年級的時候，班上大約有60位同學，我的成績都在三十多名，我記得最好的一次是十七名，我還得到我這一生第一張獎狀，進步獎。當時我是很高興的。最近我才知道，得到進步獎，現在小朋友的觀念裡，是很丟臉的，因爲等於告訴人家成績很爛！

她一直擁有美好一切的光環，即使到了後來五六年級，國高中，都是第一名的優秀學生，對我來說是可望不可及的高峰、人生勝利組。後來我從旁得到消息，說她考上師大中文系，當然是很優秀了。可是我想到她只能讀師大，她的聯考成績應該是輸我一大截，心中不自覺的竊笑一番（罪過！），小時候第一名，長大了未必就是第一名，小時候優秀，長大了未必還優秀呢！

第二件事是我同班的女同學，姓朱，她跟我住同村子。她爸爸是警察高官，家境比較好，我媽偶而也會去她家串門子。我跟她幾乎沒有說過一句話，我們都很害羞。其實，我很喜歡看著她，她每次都綁著兩根小辮子，很文靜又乖巧，心地又好的女生。班上的好事者，橫生事端，常常在黑板寫說「鄭某某愛朱某某」，還有一次在回家的路邊牆上也寫，我都再三闢謠，說沒有這事，卻像是愈描愈黑，他們就樂得開心取笑我。這在當年這是很丟臉的事！嚇得我們兩個從來不敢正眼相看。

如果時光可以重來，我一定站出來為她辯護，好好地守護她！我會不會韓劇看太多了！

第三件是，四年級的時候，我的數學開始變差，我永遠搞不清楚植樹問題為什麼要加一棵樹；時間何時長短針會重疊；雞兔同籠，永遠算不清雞有幾隻，兔有幾隻。第一次發現老爸連我的數學也不會，有一種被雷打到的震撼，心裡很受傷。後來想想，除了自己努力外，再也沒有人可以幫助了！

第四件是，四年級時，我臨摹了很多畫，如玄奘像，開始畫一些人物像，風景畫。可能是這樣開始喜歡畫畫的。我也開始看了很多歷史名人故事，像成吉思汗，國父傳，南丁格爾，愛迪生，基度山恩仇記等等。愈看愈有趣，後來真的看了很多這方面的書。

五年級，我們就男女分班了，國中、高中，一直到大學前，我都是念男學校，當時對女生，都很好奇，很想要交女朋友，只是，當時環境不由人，也比較保守，我們試過一些辦法，如郊遊，參加救國團活動，筆友，補習班等等，都沒有見效，其實對男女之事，也是懵懵懂懂，就這樣，我的青春年少。

五年級以後，到六年級，我的成績就穩定在第三名。我是六年三班，一班有65個同學的第三名。第一名是江宏然，我的好麻吉。第二名常常換人，我不太記得。我的數學始終不理想，常常60到70分，輸人家很多。我因爲愛看書，常常被選爲學藝股長。五班的孟兄，是我年少的偶像，又高大，又帥，籃球校隊，成績都第一名，到了南一中三年級，我坐在他隔壁。好仰慕！有一天我發現我的成績遠遠超過他時，內心是無比恐慌，我竟然爬過一座高山，贏過我童年的偶像！

我當時特別喜歡隔壁班的兩個女生，其實都是暗暗喜歡而已。一個姓陳，陳白蓉，瘦瘦白白清秀的臉龐，是我兒時的夢想，我常常躲在樓上偷看她上課、走路，後來聽說她是一女中，大學時，我就不知道她的下落了。另一個姓洪，洪孟鈺，長得胖胖紅潤，個性外向，她家開西藥房，有一次不小心，被爸爸知道了，爸爸還取笑我，因爲爸爸也認識對方家長，還去跟對方家長說了，害我好丟臉喔！後來高中上學騎腳踏車，都會經過她家，偶而也會看到她在顧店，可惜我都沒有勇氣去跟人家告白，那個青澀的年代！

感情的事，我還有很多故事。眞是糟糕！

5. 人生分岔路

最近有朋友討論到人生分歧點的抉擇，我不知道現在該不該來說這些。我說出來後，幾個朋友都很震撼，問我需要這麼坦承嗎？

現在的對，也許將來是錯的，以前做決定時，總覺得自己做了正確的選擇，時空變化，現在卻常常悔恨。如果當初怎樣，現在會不會有不一樣？

年輕的時候，以爲人生遇到兩條路時，不要選那個好走的路；要挑那條充滿荊棘，沒人走的路，才會有不同的風景。

年輕的時候，我常被這句話所左右，最後，搞得自己鮮血淋漓，裡外不是人。現在知道了，那句話是文人耍筆桿的爛話，不要相信，沒這回事！

選擇不是盲目的，選擇也不是只憑感覺作決定。如果眞只有兩條路可選，上網google一下，或問別人參考意見外，還要衡量自己本身條件，當時時空背景，考量風險與報酬，風險太高，報酬太少，還是謹愼爲之！

我的人生第一個重大轉折點，是在大一的時候。聯考時，我本來的分數就可以上台大會計系，錯塡了志願，讓我耿耿於懷。我誤以爲我的成績，最多考上二流大學就偷笑了，沒想到我考得非常好。當年寒假，我又去考台大的轉學考，我也考上了，很後悔我最後沒去念。當初想，在哪裡跌倒，就要在哪裡站起來，結果選擇留在原系。我如果轉學去台大，今天我可能在國外發展，留在美國，走一條人生徹底不同的路！

我的人生第二個重大轉折點，是拋棄我初戀的女朋友。她大我三歲，中文系，跟我同年級。只因為一時的挫折，研究所沒考上，我怪罪於她，認為整天跟她玩，荒廢了學業。姊弟戀在當時還沒流行，我的父母親人朋友都反對，就退縮了！我拋棄了我的糟糠，我沒能堅貞不移的信守諾言，到現在仍是椎心之痛。當我研究所畢業那年，聽到她已結婚生子，我在宿舍頂樓嚎啕大哭，灌了好多瓶竹葉青酒，躺了好幾天。如果我沒有背叛她，我們會擁有自己的房子，我可以和她安穩過一生，這一生就不會情路波折難行，情感備受煎熬過日子了。

我的人生第三個重大轉折點，是當初沒有跟老婆一起進財政部工作。我是學證券投資的，進證管會才是我的本行。老婆當初學行銷的，老是嫌我板一張臉，結果我選擇做企業行銷，她選擇進證管會。人生就像岔開的兩條路，再也回不了頭了！

後來，她成為政府重要決策官員，而我幾次經商失敗，只能沉浮生活，謀三餐溫飽而已！時間過得眞快，如今她也已經退休了，我還是可以感受到他那種秋天肅殺的冷峻，看起來，以前的恩怨都無從挽回了，很有魯迅的〈風箏〉感覺，一輩子都無從寬恕的心痛。

如果當初我跟她一起進政府機關做事，人生會不會有不同？我的日子會不會過得這麼苦？會不會走上離婚之路？

我的人生第四個重大轉折點，是我悔不該離開南僑。我人生事業的高峰，是在杜老爺，可口歐斯麥餅乾，喜見達的日子。拿到博士學位後，自以爲厲害，跳巢到大陸去工作，結果是個大失敗，整整20年的黑暗日子！如果我當初留在南僑，我應該可以有很風光的、富裕的人生，車子，房子，社會地位都有了。結果我選擇充滿荊棘的路，把人生埋沒在荒煙蔓草中。

我還有很多人生重大轉折的故事，不知道該不該說。

我常在想，如果我不離開第二個愛人，我現在可能移民澳洲，在澳洲過日子，跟現在過不同的人生。

如果我當初選擇的是另一個女人，而不和現在老婆結婚，我可能可以生活得更浪漫一些，富足一些，快活一些，我覺得，我深深傷害了一個愛我的女人！再一次走上失婚之路，我怎麼老是在作錯誤的抉擇呢！

後來生意失敗，選擇教書，教書又失敗，選擇創業，創業又沒了。多少有些無奈與避世的心情，雖然走的也是分岔路，但有點像被丟入大海中，如果不隨波逐流、抓住一根稻草，恐怕會被滅頂。

最近這幾年，我發覺，想要作人生大變化，機會看似愈來愈小，可以選擇的方案，愈來愈少。甚至都不是被別人列入考慮與選擇的對象。我的一生到死就這樣定了！我實在很不甘心啊！

就這樣，我在後悔中過了大半的人生，也回不去了，人生不會再有機會重頭再來了！

雖然我很想重頭再來，現在只能藉由聊齋的狐妖，回到過去，或逃避到世外桃源。但是一切都太不能了回去了！

只能繼續往前去！

希望將來的路愈走愈穩，愈走愈平坦，不要再有分岔路！

第七章

相見時難

1. 退休

昨天去送書給兒子，我剛出版的新書。

還未進門時，竟然聽到S的講話聲，我愣了一下，這個時間應該是上班的時候，怎麼她會在家裡？

令人驚訝的是，S退休了！她竟然已經退休了！

已經退休在家兩個月了！

「退休了？」

這對我年輕時，是一個既陌生又無感的名詞；中年以後，我曾經想要多了解一番，沒想到現在已經來了！

我好驚訝又震撼，一直對我重複說著。彷彿不太相信又很意外，說不出的滋味，又有點辛辣甜苦揉在一起！

「退休了！」我一直重複說著，在我開車從台北回台中的高速公路上。

也對，我去年也辦了退休，從勞保局領了錢，可是，那時候的感覺，只是財務計算的想法而已，我的生活並沒有任何變化。而現在，她已經從忙碌不堪的生活，轉成閒散無事，沒有政務壓力的擔子。這是天跟地的距離啊！

我看著她那一張有點滄桑，兩個腮幫子垮下來的臉頰，心中眞有說不出來的不捨。它曾經是這麼豐腴，充滿自信，意氣飛揚。

我剛認識她的時候，她剛擺脫一段青梅竹馬的初戀，對於前男友的糾纏，有些無奈。國中時候，她們就在一起了，大學他考得不好，幾次爭吵，就愈走愈遠了。……。那時候，她常常跟我提到李白的「長干行」「妾髮初覆額，折花門前劇。郎騎竹馬來，遶床弄青梅。……」。

那時候是她人生第一個最光芒耀眼的時刻，同時考上台大，政大企研所兩榜，政大企研所還是榜首，名震江湖。她很有才氣，也相當自負。當時還有很多男生慕名追求她，她最後選擇政大企研所，並沒有和我一樣念台大商研所。

畢業後，她換了幾個工作，汽車公司，國外房屋仲介，報社副刊記者，都不太順遂。她常常引用杜甫的詩，「人生不相見，動如參與商，……」有點懷才不遇的感覺。

她覺得她很有才幹，比我好上好幾倍，卻始終沒有辦法一展長才，境遇不如我。

那時候我當記者，負責一周寫一篇《企業戰略》版面，她覺得她對企業戰略比我還專精，她卻沒有版面寫故事。爲了讓她專才有所發揮，我寫的每一篇訪談分析，在交稿之前，都要請她過目定刪，有同事還笑我說是李清照和她老公的翻版。

當初在一起的時候，她最大的心願只是想擁有一架鋼琴，我努力的擠出一台鋼琴給她。

不久以後，她抱怨住在新店，生活品質不好，我也連賣家當，賣掉兩棟房子，買進台北莊敬路的房子。只想讓她過得安穩舒適。我當時很感慨，她的願望愈來愈大，永遠不要相信女人只有小小的心願！

我是很後來才知道，她把我當成假想敵，一直在跟我比薪水、職稱階級、做事能力等等。那時候我也很震驚，一個你身邊至愛的女人，竟然把你當成較勁的對手！我的老師、指導教授跟我比薪水，已經讓我很頭痛了，怎麼她也是！

我永遠難忘那是在新店舊家前的一個小飯館，她很不滿地說出她對我的歧視，她覺得她能力才幹都比我強，薪水卻遠不如我，工作都不如我順利。然後她娓娓細說過去的事情，讓我既驚訝又恐懼。

這種感覺跟三國時曹操對劉備說，天下英雄就只有我和你，一樣的恐怖！這個故事，後來我的老闆，也曾對我說過，全公司三千人，可以談未來發展策略籌謀的人，只有老闆和我，當時我也是戰戰兢兢的，嚇出一身冷汗！功高震主啊！朱元璋也是很忌諱有人比他厲害啊！

我記得當時有同學來招呼，只要有證書都可以進財政部，我們都有高考及格的證書，進去資格沒有問題。她想換一個環境，重新再來，也許有機會，不會像在企業界一樣發展不如意，工作也許沒有這麼大變動，比較穩定。我那時候還在唸博士班，在報社上班有自由性，我們討論了很多次，她決定進財政部，我還想留在企業界。

誰也很難想像，當初以為只是換個工作而已。就這樣，我們走上一條永遠不能回頭的雙岔路，這是我這一生的一個遺憾！我常在想，如果我當初跟她一樣選擇進財政部，我的一生就不會那麼波折，人生不會那麼多痛苦艱難，也許我們也不會離婚。也許我可以有一個平平順順的人生。我現在也許也退休，我們可以做一對神仙眷侶。

世事的發展，永遠都很難預期。拿到博士學位後，是我人生的低潮黑暗期的開始，離了婚，丟了工作，創業失敗，連教個書，也被清算，整整二十年的悲慘苦難。她有一次很得意地，冷冷地跟我說，她的薪水終於高過我了。

我覺得這好像是我的原罪，我背棄了你，就該忍受的折磨煎熬。只要你感覺比我強，可以比較舒坦一些，再多的苦難，我都願意承擔！

再次創業後，我終於浮出水面，稍微可以過得好一點的生活，但還是負債累累。她已經是個政府重要的決策官員，人生的另一個高峰。她應該可以釋懷了吧，不用再拿我當比較對手了！

相對我而言，她這一生，雖然忙碌，但工作穩定，應該是平平安安。

沒想到，她卻急流勇退，選擇放下重擔，擺脫壓力，想要過自在悠閒的生活。

現在，她平常上上課，練瑜珈，爬爬山，跟三五好友小聚，將來還想出國遊歷。

我衷心的希望，她往後的人生可以這樣無拘無束的安排！在經歷人生一大堆責任負擔後，可以過她想要過的生活。不用像跟我在一起時，整天擔心受怕，也不用像在政府機關做事，整天事務纏身。

午夜夢迴時，我常常想起這個我曾經深愛過的女人，年輕時，送我一顆「相見時難」的印章。「相見時難別亦難，東風無力百花殘」，當時，我汲汲於功名富貴，常常「輕別離」。那時候，回頭轉身時，常常看到她依依不捨的情思。

經過這麼多年，我現在有很深的感慨：「繫我一生心，負你千行淚。」有誰可以像我一樣，記得妳那麼多的事，記得妳那麼多的點點愁緒，每一個呼吸，每一個嘆息，每一個背後孤立無助的憂傷呢！更何況許許多多我們經歷過的往事！

現在，再轉身回頭，已經三十年了！我卻是千頭萬緒，細細絲絲的情懷，不知從何說起，應該用什麼來說？「梧桐深院鎖清秋」呢，還是任它「細雨打芭蕉」？

我先寫到這裡，故事還未完成……

2. 感言

2013年一月一日，聽說跨年只有10度不到，整個世界是非常的冰冷！

我在臉書看到她的生日感言，這是第一次發現她有倦怠的感覺：

這一天的臉書，她寫了她的告白，說已過了中年，就像過河卒子，只能拼命向前衝，她拿到獎學金，去了美國和英國考察，完成她心裏一個小小的心願。

雖然工作時間很長，但她還是在工作中結交了一些好友。她時常在工作與小孩間掙扎，也終於盼到小孩長大，謝天謝地。

就在滿五十歲生日的前後，她的一位同事和一位老友突然過世，讓她有新的領悟。

Auld Lang Syne 常拿來年終迎接新年時演奏，她最念念不忘的是魂斷藍橋的燭光舞會，演奏者一一吹熄燭光離開，那些美好的往日！她祝福所有親友新的一年有更美好的前景。

她和她的朋友偶而會聚會，總是聊著聊著又緬懷起當年的糗事。話題也從年輕時的婚姻、小孩、事業、漸漸演變爲養生及退休規劃。朋友因病過世！內心眞的感慨萬千！

走過館前路、信陽街，她又想起杜甫的這首詩：少壯能幾時？鬢髮各已蒼，訪舊半爲鬼，驚呼熱中腸。這就是人生吧！

＊＊＊

一位老友突然過世，是誰？我認識嗎？

心中有說不出的味道！

她說像老年，當時，我卻瀕臨生存的邊緣，在爲生活打拼！爲自己的理想在努力！

我跟她眞的是兩條路，我沒有時間悲傷嘆息，卽使有，也不能太長，因爲我要活下去！還有一堆人要我養，靠我吃飯！

3. 子夜的回應

她看來有想要退休的念頭，只不知道退休後想做甚麼，是不是想好了？

她想要有一個不一樣的人生

她說了工作上一個同事的故事：

祕書室負責行政工作的小姐，個性沈靜不顯眼，大約六年前從別單位請調過來，在這個業務爲重的單位，行政人員昇遷機會不多，也不太受重視。第一次與她交談卻是在內部的英文課以英文聊天。

這一天，英文老師要求我們與左右兩側的同仁練習對話，這就是我與她的第一次交談。她說英文時也不多話，用字遣詞很簡單，但是說英文時的沈穩、流暢與正確度，讓我印象深刻，後來我才發現她是英語系畢業的！

第二次交談是我看到她的退休申請書。

「這麼年輕就退休，不知是否工作上遭遇困難？是否已作好退休規劃？」這是我心裡的疑問。她很誠懇的說明了她的計畫，

「我很熱愛寫作，但寫作需要大量閱讀來吸收養分，退休後我才能有足夠的時間來閱讀及寫

作。」「現在的工作已經到了極限，但是寫作是有很寬廣的想像空間，沒有年齡、性別、外表的限制。我在工作之餘常投稿，當作品被刊登受到肯定，那種成就感眞是無可言喻。」

當她提及寫作，我又看到那次英文課她流露的自信，還加上一些急切的渴望！內心祝福她能心想事成，那天成爲大文豪，可別忘了我們哦！

她也渴望能趕快退休，追求另一個自己熱愛的人生！

我的回應

S，有些話想了很久，還是想跟你說，如果你覺得可以，就參考一下；如果不行，就當成野人獻曝，不足一提，或者是彼此共勉吧！

從事工作應當戮力從公，戰戰兢兢，不應該常常流露羨慕別人退休，或數饅頭的心境！你上有長官，下有部屬、同事、別人會從你的言行感受你的心情和作爲，除非你是以退爲進的權謀，否則會影響別人對你的評價！

不要輕言退休！除非你已經作好準備！我是被人所迫走上退休這路，可是退休那一刻，我反省自己，如果有機會可以重來，我會多作一些事，多發表一些研究，對自己過去覺得可惜！同樣的，你應該有這種反省的能力，如果有機會是不是可以做得更好，而不要將來去怪罪後人或被後人臭罵！

退休並不是遊山玩水或含飴弄孫而已！那些都是短暫的！退休是人生另一個戰場的開始！

不管我們選擇什麼，一樣會要求好，求完美，求新，求變的，那個人說退休要去寫作，總有一天人生故事寫完了，一樣會走上創作的苦悶！其實退休對他是傷害的！人一旦沒有了壓力，就沒有了創作靈感！所有的創作，都來自壓力痛苦的沉思！不是來自安逸生活！包括你寫的很多以前文章！

我沒有想要唱高調，我生活的很卑微！很認眞的在過每一刻！爲自己，也爲別人，你應該可以找到努力的目標！希望和你互勉！

現在看來，當時的這一番話，對她並沒有什麼作用！倒是寫作，我現在眞的面臨，人生故事寫完了，走上創作的苦悶的時刻！

4. 最愛不是我

她的最愛不是我！看來，我已經徹底的從她的記憶中被抹去了！

4月18日，S的臉書這樣寫著：

朋友推薦她上網聽楊宗緯唱的最愛，聽了以後，二十多年前的回憶，點點滴滴又回來了！

那一年去看了電影「最愛」，劇情如何實在記不起來，只記得浪漫唯美，張艾嘉無怨無悔將最愛放在心裡一輩子。記憶中最難忘的卻是這首主題曲。

上網找到劇情大綱：原本林子祥與張艾嘉是相愛的一對，林子祥卻因家裡的壓力而娶了張艾嘉的好友繆騫人，多年後林子祥已逝，兩人共約喝下午茶，繆騫人驚覺丈夫林子祥曾與張艾嘉有過一段情，彼此因而產生矛盾、痛苦，究竟當年誰是男方的最愛。

她聽過多個歌手的版本，她仍然喜歡當年張艾嘉唱的版本，歌聲是有點單薄不夠渾厚，但是有著平凡女子情到深處，反倒雲淡風輕的認命與恬淡……。

那時候她剛從學校畢業，人生的第一份工作，正值年輕浪漫，愛看電影，還大力向同事推薦此電影。沒想到，現在靠電影及主題曲回憶人生。這些年會不會成爲未來空白的記憶？

＊＊＊

我不記得有跟他去看這部電影，可能他是跟別的男人去看的。也不記得他曾經跟誰推薦過這部電影？第一份工作？是中信的工作嗎？看來我不是他的最愛！

我也記不清很多事了！

5. 兒子退伍

8月18日兒子當完兵，我寫了一封mail，恭喜他退伍了！竟然不是他主動來說！

我很感慨，也很感傷，想起當年，就算是一年後的時間，我也考上中山企研，退伍那年，我考上台大商研，有很多工作來要我去，包括高考及格分發台肥，聲寶，還有很多工作，現在都不記得了！那年九月我選擇去念台大商研，用我當兵的存款6萬，其中3萬買了一部三陽野狼機車，住進台大420室，從此開始我自食其力的一生，再也沒有拿過家裡的錢！

兒子卻不是這樣，不是官，而是兵，當兵十一個月，上下班，到處表演的藝工隊，還去蘭嶼玩，退伍以後還不知道要做什麼，要先休息一陣子，然後說要去美國念書，念音樂！天啊！眞是很大的衝擊！看起來要失業一陣子！老弟當年是出國的AT考試都在進行中，退伍後幾個月內就申請學校出去了！現在兒子連準備考試都沒有，還想在家混日子嗎？

當完兵就得自己養自己了，希望他有這個覺醒！希望他能夠走出自己的路！不能老是指望爸媽的照顧！沒想到十年後他還是這個樣子！

往事歷歷又浮現在我眼前，好像是昨天的事而已，可是又好像很遙遠，回不來了，又是一個世代了！

年輕的時候，我們都喜歡杜甫李白的詩，現在的妳，想的都是「人生不相見，動如參與商」，感傷日月消逝！當兵的時候喜歡，自古聖賢皆寂寞，唯有飲者留其名，但願長醉永不醒，與爾同銷萬古愁！現在的我還是喜歡李白的瀟灑，只是我不再喝酒抽菸，少了那份閒情逸致，日日在爲生活奔波，心境自然不同！只能與童子謳歌時，去懷想年少時的故事了！

6. 送別

這應該是她寫歡送她的長官陳X的一段話，陳是我台大商研所學長，林老師的得意門生！我並不喜歡他，我曾在一次老師的聚會見過他，他年少得志，非常臭屁，可以說目中無人。我當時自認不會比他差，我還在唸博士班，他這樣囂張，會給自己招來禍端的！

一個時代的結束

她說，又歡送一位長官高升離去，二十多年共事，見證了這個市場的成長與興衰。她上台說了幾句話，竟然感傷的情緒突然湧上，準備好的祝福成了不知所云，惹得主角也眼角泛淚。

回來後，她一直想爲何如此感傷？送走一位又一位老同事，經歷市場的成長與動盪，傳統文化與價值在哪裡呢？

或許老同事的離去，代表那個年代已經遠離，那些我們堅持傳承的價值與文化已經一點一滴逐漸逝去，所以才令人感傷……。唉！人必須學習放下，迎接新時代的來臨，或許我應該想如何在這些變遷中，勉力爲年輕人留下一些值得堅持的價值。難，難，難！

滾滾長江東逝水，浪花淘盡英雄，是非成敗轉頭空……。一壺濁酒喜相逢，古今多少事，都付笑談中。

7. 失戀

十月分的這篇文章，兒子失戀。

這是令我心碎的一篇文章，曾幾何時我變成「男性親友」？我不再眞實的存在，也沒有名字，沒有記憶，一切都不會有過，眞是感嘆！兒子失戀，也不來找我。可以啊，你們都大了！我眞沒用！

「妳沒當過兵，妳不懂，但妳難道沒有聽過男性親友說過當兵時的痛苦，到底他們是怎麼克服的？」

「我聽過他們說兵變，說搭船到外島部隊時聽到八月十五彼一天，船要離開琉球港的歌聲就哭了，但是經過時間的淬鍊，他們敍述時都帶著雲淡風清的微笑，而且一講起當兵的當年勇，就關不住話匣子。倒是沒有人曾經形容過他們是如何熬過去……」

九月下旬她到瑞士開會，想到兒子接到通知不久，就要入伍，她很懊惱無法送行，幸好他說有「好朋友」會到場揮手致意。據說那天在車站送行的媽媽們都哭了。

兒子在台南完成新兵訓練，幸運的分發到台北的空軍樂隊，回來時體型已經成爲令人羨慕的人魚線。對於一個以爵士樂手爲職志的年輕人，縱使在軍樂隊服役，仍然無法忍受軍伍生活的不自由與僵化。每周逢休假，周五、周六夜必到爵士酒吧混到深夜，隔天上午又因部隊的制約習慣，早早就起床，身型更加清瘦。

自好朋友因瞭解而分開後，他每逢周日自家返回部隊時所攜帶的書籍及CD更加沈重，似乎大量的閱讀和音樂才能讓他忘卻水深火熱。有一陣子他控制不住情緒，屢屢不服命令，回來他問了那個問題，又惱怒她沒當過兵，就拂袖趕去酒吧，找尋他的哥們解悶去了！……

日子就是這樣在苦熬中慢慢過去，她無法幫助他減輕內心的苦悶，不過她向來相信生命總會找到自己的出口，Let it be。

退役前不久，軍樂隊在國家音樂廳表演，終於看到他的成長，薩克斯風技巧磨練的更上一層樓，但是一直等到他退伍那天回來，她才終於放下久懸的心。

相信這十一個月的軍旅生活將會是他人生永難忘懷的旅程，他也會像台灣的其他男性成年人一樣，一說起當兵的種種，就會眼睛閃著光芒，口沫橫飛，永遠說不厭的傳奇故事。當然他也不會說如何熬過那些痛苦的歲月，經過日日月月，回憶將會是苦澀後的甘甜。

人生還有許多試鍊等著他，但至少他已過了第一關。

爲什麼不來找我呢？這是我們男人間的事啊！我可能太忽略對兒子的關心了！

8. 出國

2014年開春，今天最大的震撼是兒子要去美國念書了！Jazz音樂碩士班，Queens College在NY！預計念兩年！現在就等I-20。預計1月28日去。

我跟他討論幾件事：

（1）將來去留，我意見是，去就不要回來了！拿綠卡，作美國公民，加拿大也可！

（2）在美國結婚生子，提早規劃。

（3）如果想回來教書，一定要拿到博士學位。

（4）如果想作表演家，想辦法找經紀人。

不過，她意見和我全不同！

（1）不能留在美國，一定要回來。不能放她一人孤苦無依在台灣。

（2）想結婚要盡快。

（3）這一行不需要博士學位，想念書一定要自己出錢。

她還說我沒有家庭觀念，一心只想教兒子不要回來！做美國夢！

我不太喜歡他用人身攻擊。孩子長大一定要出去自食其力。要分家出去！

兒子說他會回來的！他想貢獻在台灣這個領域的人！我的想法他多半也沒同意！

我跟他說我盡量努力，希望明年春節可以去美國紐約探親！這些問題一定要想清楚，這是在低潮痛苦時支撐自己活下去的信念與力量！我還跟她說，我很後悔，當初應該跟他一起去公家機關上班的！現在就不會這麼辛苦了！回來想了很多！

年輕的時候，覺得孤寂不可怕，孤寂是邁向成功所必須付出的代價！孤寂就像冬天棉被裡的愛人，愈蓋愈溫暖！

三十多歲，顛沛流離，常常在深夜醒來，不知自己是在哪一個城市，總要想好久，才知道自己身在何方。孤寂是唯一的朋友，跟自己蓋同一張棉被的聊天夥伴。

現在，我愈來愈討厭孤寂。孤寂是甩不掉的鼻涕或口香糖膠，黏手又噁心！常常在半夜裡跑來跟我同睡，搶我的棉被，還用腳壓我的身體，總讓我喘不過氣來。

我好希望自己趕快老去，聽說老去會像空山古剎有靈性，可以斷腸人在天涯。那時，我就不用再背著孤寂找生命的春天！我就不會再害怕自己就是孤寂！

2020年，至今現在看起來，當初的設定，都沒有完成。兒子是念完音樂碩士班的課程，我沒去美國探親，他回來了，至今也沒結婚。只能以表演爲工作，也沒能去學校教書。沒有博士學位，沒有經紀人，妳是不孤寂了，也退休了。

我現在已經感受到老年了，僧廬聽雨，可惜沒有「空山古剎有靈性」，也沒有「斷腸人在天涯」，我還是很孤寂的，想找生命的春天！

第八章

現代版的波西米亞人

我很喜歡普契尼（Puccini）的歌劇，尤其是波西米亞人（la boheme）這部歌劇。我跟咪咪的這一段感情，好像這齣歌劇一樣。很可惜當初分手時，值得紀念的東西都不見了，照片、結婚證書都給撕了，我很心痛什麼都沒有了！

現在，我很老了，只剩下我的一些片段的回憶。趁我還能記得的時候，我願意把這段感情寫出來，這是我一生僅有的財富，僅有的一點點有價值的東西，我願意再與妳分享，直到永遠！

第一幕 初認識

約1830年的法國巴黎。一群貧窮的藝術家住在巴黎拉丁區破舊的閣樓上。聖誕夜，大家商議去外面吃晚餐。男主角魯道夫留下來趕稿，讓朋友先走，認識了來借火的女主角咪咪。他還唱一段「妳那好冷的小手」。

2000年的臺北林口。剛結束我的生意，賠了很多錢，窮困潦倒的我，比魯道夫還慘，搬回林口老家窩起來。那一天午後，我去修車廠修車，看到桌上有姬松茸產品的推介，認識來修車的女主角，我的咪咪。一開始是從姬松茸保健食品聊起的。

我好喜歡被她擁抱的感覺，暖綿綿的，溫柔的，香香的。我跟她說，她就是我的咪咪。

第二幕 相愛

聖誕夜，巴黎街頭非常熱鬧，人群熙嚷。正當大夥興致勃勃的想要點菜，另一個主角，馬西洛看到以前的舊情人和別的男人出現，舊情人很想和馬西洛重歸舊好。魯道夫和咪咪的感情，快速的升溫。

我和咪咪的情感也快速升溫，不到一個月，颱風夜就住進她家。外面雖然狂風暴雨，這一夜卻是非常甜蜜幸福。

她和前夫，有三個女兒，老是糾纏不已，前夫想要夫妻破鏡重圓；她還有一個前任舊情人，有錢的富商，她以前公司的課長，她割捨不下，老是有往來；經過過這些的紛擾，咪咪決定和我在一起。

第三幕 分手

病弱的咪咪與魯道夫分別向馬西洛訴說兩人的感情危機，一個是猜疑心重，一個是病入膏肓，很難再繼續。魯道夫忍痛向咪咪提出分手，但兩人相見後又是難分難捨。

後來我才知道，她有嚴重的精神焦慮，一個月會發作十幾天，精神好的時候，非常甜蜜，不好的時候，就像在地獄裡。經過幾次的爭吵，發現愈來愈難磨平的隔閡，我們的情感也陷入危機。

對於將來生活的願景，我們有了很大的差異。

我決定藉著轉換工作，向她提出分手。她很受打擊，極力想挽回這段感情，變得相當神經質，躁鬱症更嚴重了。

我開車載她去基隆旅行，車上播著波西米亞人歌劇，我的咪咪啊！

第四幕 死亡；再生

隆冬季節來臨。魯道夫被告知咪咪已經病重不久人世了，想回到愛人魯道夫的身邊。衆人忙著爲她籌錢請醫生、取暖之際，咪咪卻在愛情與友情的溫暖下，安詳的離開人間，留下傷心欲絕的魯道夫。

眞實世界的我，並沒有面臨咪咪的死亡，而是走出死亡，各自有自己的天空。

分手後的咪咪，經歷分手與乳癌病痛打擊，在朋友的開導與幫助下，很久才恢復平靜。

她決定移居澳洲，重新開始新生活。

多年後再相見，我已經另娶他人成家了，她也有自己的生活。

像是兩條平行線，伸向無遠弗屆的蒼穹。

……

現在，我分成六段，我要向你們，訴說我們的故事，我的咪咪的故事了。……。

1. 初相遇

一切的美好都只能存在記憶裡，事後的追悼，而所有的苦難與不幸，在當下都是一種試煉，火一樣刺燙。

時間回到2000年的8月20日，下午，林口。我剛結束一段慘痛的婚姻，和前妻離婚。也結束我一手創立的文具店，賠了近千萬，到現在還在賠以前的貸款。不得已，只好在學長學姐的介紹下，去一所專科學校教書。沒有地方住，只好搬回老家窩起來。

那天下午，很無趣，太陽高掛天空，曬得整個人昏昏沉沉的。我打算把車修一修，再不修，會壞得很嚴重。

去到林口福特修車廠修車，這家修車廠好像也剛搬，不太好找，在小巷子裡，很簡陋，也沒有什麼生意。只有我一個客戶。我交代了修理保養的事情後，很無聊的在接待室看報紙。說接待室，其實是一種讚美，只有簡單的兩張籐椅子，一個小玻璃木腳桌子，放了一些報紙雜誌，沒有華麗的裝潢，地毯，電腦，冷氣設備，靠著汽車賣場，不到兩坪大吧！

不知道什麼時候，走進來一位中年婦女，進到我的視線裡，很奇怪的感覺吧！這個女人也將走進我的生命裡，直到永遠。「應該也是來修車的吧！」我心想。

透過報紙，我偷瞄了一下這個女生，頭髮短短到肩膀，鵝蛋臉，眼睛尾巴斜斜向上吊，雙眼皮的鳳眼，嘴小小的，紅潤有色澤，臉上油光閃亮，這是我最深的印象！她穿著紅橘相間的連身衣裙，夾腳涼鞋，腳趾頭還塗有紅色指甲油，很晰白的美腳，應該是住在附近的貴婦吧！不然不會這樣家居穿著。

我打量她的身高，應該接近有160公分吧，後來才知道，她很介意她的身高，都說超過160公分，我們還有一陣子玩過身高的玩笑，我喜歡看她嬌嗔噘嘴假裝生氣的樣子。她看起來像保養不錯的30多歲的女人。只是，沒想到這個女人會和我相愛，影響我的生命這麼深！

不久，我看到她在看姬松茸的廣告，我那時候根本不知道什麼是姬松茸。也很隨意的問了一下，「姬松茸是什東西呀？」，她還笑我不懂這種保健食品，還說吃了會有什麼好處。我看她還滿健談的，於是多聊了一下。

聊了什麼，我不太記得了，大概都有關姬松茸的問題吧！只記得，我們雙方互相介紹名字，彼此都有一些好感！我還跟她要了電話，表示下次還要請教她，我那時候想，這個女生還不錯，看來是見過世面的女人家，找機會多接近她吧！她也很大方的留了電話，表示可以再幫我介紹一些保健食品。這段談話約十多分鐘，我當時想，她應該是一個很會說話的推銷員吧！後來生活在一起，她眞的是從事電話行銷的業務高手。

我記得，我們也會談到我們初相遇的情景，她對我的第一印象，她笑說我一點也不像骨瘦粼粼，不食人間煙火的教授，倒像是肥肥胖胖的黑道大哥！她說，我不是那種以貌引人的帥哥，卻是以學問淵博取勝！

我們沒有手碰手，也不是來借火取暖，一點都不像普契尼歌劇裡，「波西米亞人」，魯道夫和咪咪第一次相遇的情景。他們還可以在黑夜裡手碰到手，一見鍾情，唱出美麗動人的詠嘆調，「你那好冰冷的小手」與「我的名字叫咪咪」。每次想到這裡，我的腦海裡就會浮出這兩首我很喜歡的歌曲！

如果故事到這裡結束，我就可以不用經歷一段刻骨銘心的感情，也不要再受到背叛的煎熬，也不會嚐到戀愛的甜蜜了！

後來我們有一同回去修車廠修車，告訴他們，我們相愛結婚的故事，他們都很高興祝福我們。

2. 等待會侵蝕我的心

回到家後，我的心情始終反覆。

一下子很高亢，我終於有機會交女朋友了，這個女生長得不錯，見多識廣，居住地方也是住在林口，近水樓台可以先得月，太好了！

一下子很低潮，心情很沮喪，我又沒有什麼錢，還揹了一大堆債務，我很失敗。我沒有資格再拖累另一個人，算了！算了！如果又發生像我跟前妻吵架，誰也不讓誰，苦的還是我自己！萬一她又是一個性冷感的人，對性不感興趣的話，我該怎麼辦？我只想過正常夫妻生活，有這麼難嗎？

等待是會侵蝕我的心的！我渴望踏出這一步，幫自己找一個生命的出口！我想要改變自己的生活！我不要窮途了倒，孤獨到死。我不想一個人過日子！我很怕再一個人過日子，孤獨會像蠟燭愈點愈短，最後燭光沒了，生命也殘了！

我要怎麼安排這場戰局，才能贏得美人呢？

我初步構想，讓自己沉澱幾天，周六再裝得若無其事，打電話約她出來吃飯、喝咖啡，請教她一些健康食品的問題。萬一她不肯出來，或推說她很忙，有人約了，不方便喔，我想就放棄這條線了！

等啊！等啊！我還是等不到星期六，我星期四就打電話給她了，反正早晚一死，萬一她不肯，早一點結束掉，趕快找別的目標。我想了很多開場白，「您好，我是鄭華淸！」，不，她是半個外國人，應該說「Hi, I am Mark!」。

我想了很久，鼓起勇氣，很緊張的打了電話給她，我卻是結結巴巴的說了一堆，我不知道的話。沒想到電話那頭，想了一下，答應周六和我吃個飯，喝咖啡！我很高興，掛掉電話時，我的心還是噗通噗通跳得很兇，好像心臟要跳出來了！耳根還會發燙，我的手還會發抖！抖了一陣子！

原來戀愛的感覺是不分年齡的！我都已經是四十多歲了人了！有過一段婚姻，和交過一些女朋友，眞正想追的時候，感覺好像又回到十八歲當年的樣子！

3. 只想和你約會

其實經過這麼多年，又經過分手不愉快，我已經忘了我們第一次在哪裡約會了！我剛開始回想到的是長庚醫院街上的咖啡店，粉紅色裝潢，想想，不對，那應該是我們分手後，幾次碰面的地方。

然後，記憶像是一個封塵很久盒子，打開，慢慢有一些影像浮上腦海。應該有長庚醫院地下的餐廳，我們去用過幾次餐，因爲那時候很窮，請不起大餐，所以長庚醫院地下室餐廳，對我而言是最經濟實惠的。

不，不，是長庚醫院對面菜市場的小吃店，我們都會點一些黑白切，滷味，蚵仔煎之類便宜又豐富的小點心，假裝我們很有錢的樣子。也有時候，一起去在她家附近菜市場裡，吃鹹的米苔目，配四神湯，那是她很喜歡吃的客家小吃。

有一次我們吵架，她怪我愛她不夠深，考我認識的當天她穿什麼顏色衣服，第一次約會在哪裡？考我約會當天，她穿什麼衣服，鞋子。我想了老半天，就是想不起來，勉強說對初見面的服飾，對了一半的答案，最後只好去向她賠罪，接受她的處罰。

我當時很後悔，沒能記得第一次的見面，第一次約會地點場景服飾，所有的一切。沒能多愛她一些！現在想記也記不得了！

我記得比較深刻的是，約會的時候，她總是很傷心的哭泣，訴說前夫的家暴，雙方吵架的事情，眼神不時流露恐慌無助的淒慘！就會靠著我，靠在我的肩膀上，我會不經意的握著她的手，安慰她，勉勵她。兩個無助的靈魂，在林口的巷弄公園裡，暗夜傷心，互取溫暖。第一次抱著她，讓她的頭靠在我肩上哭泣，我感覺有一股溫暖的血液在奔流，香香的，柔柔的，抱起來好舒服，好舒服的感覺！

比較不一樣的是，她會問我的收入有多少，養她不容易！她有很多的負債，欠人家很多錢，前夫倒帳時，她做連帶保證，揹負好幾千萬的債務！她有三個女兒要養，現有的男人，就是後來我知道的林先生，每個月有多少錢給她，養她至少一個月要多少錢。她的三個女兒要同意，才能有機會發展。沒想到後來她要得更多，超過原先五倍之多，還不夠！

原來，中年男女的情感是參雜金錢利益相關的！好像一筆買賣交易，付得起錢的，才能養一個女人，和她的孩子！甚至幫她和前一個男人，或情夫還債；要幫她付房租，最好有一棟房子給她，台中七期的房子也不錯，少不了三千萬；幫她付孩子學雜費，安親補習費，還要每月給她零花，買衣服鞋子治裝，上美容院，作SPA……。然後，就會有一個女人，打扮漂漂亮亮，整天在家等你，服侍你，讓她的男人很爽，很有面子，滿足男人一切的虛榮心！這種昂貴的交易，怕是我一個窮老師付不起的！

只是當時的我，太傻了！我需要一個溫暖的青春肉體，陪我在夜裡，不會孤單。以爲算一算金錢可行，就可以往火坑裡跳！以爲可以幫助她，讓她脫離前夫情人的一切，重新開始我們的新生活！我低估了一切，高估了自己的能耐，錯估了甜蜜愛情背後所藏有的毒藥！

4. 同居

我停筆了一個星期，內心好像有個聲音滴咕，驅使我不要作一些事，或繼續作一些事。「再等等看，有沒有那一個人的回音！」，我三不五時，隨手去開自己的信箱，裝著好像沒事瀏覽自己信箱，總希望有一點surprise，一點她的音信，但是乎每次都落空，又沒信來，難掩內心一絲絲的遺憾！我只好一個人繼續獨白。只好繼續再寫下去！

那一年的戀情來得特別快！我們才認識沒幾天，條件也談得差不多，她的其他兩個女兒似乎也沒有什麼意見，大女兒念高中，比較精，一直慫恿她，問我有沒有錢。

那一天來臨，其實我也沒有心理準備。

在這之前，我們是互相傾慕的朋友，很談得來，我們有共同的成長經驗，人生閱歷也一大半相似，都有一段不愉快的婚姻，我們都愛吃各種食品。

都是中年人了，在一起，最多就是牽手，不像年輕人，街頭就可以蛇吻，卿卿我我。我們會一起去看個電影，散散步，她很喜歡散步慢跑，在澳洲雪梨也是經常到公園跑步，我也陪她跑一段，在林口的體育場。沒有想到故事會發展這麼迅速。

看來，中年失婚男女的戀情，心裡上，好像對過去失敗的那一段，有一點內疚，總覺得下一段戀情我可以作得更好，很想有一個補償。或是習慣了兩人生活，想要一個人生活，情慾是很難熬的。找到一個彼此都還看得過去的人，或條件相當的人，就很容易飛蛾撲火，乾材烈火，把自己又燒了一次！

我不太確定，那一天是星期六，還是星期天。我只記得好像應該是九月初，5號左右，要開學了，學生回學校註冊，還未開學。那時候來了一個很大的颱風，刮很大風，下很大的雨。後來新生註冊與上課都延後幾天。整個下午我們都在密切看電視上的播報，看看明天要不要停班停課。白天，我待在她家，修她補窗口的冷氣機缺口漏水，廚房後面蓋擋雨棚之類的事。傍晚，她的女兒們也回家了。

忙了一下午，看完電視，我起身也要回家了。

正當我要離去時，咪咪用一種很溫柔的語氣對我說：「你今晚可以留下！」，眞的？我當時有點愣住，怕自己聽錯，又很難掩飾內心驚喜，假裝鎮定的說，「眞的嗎？」

原來這種劇情跟電視劇裡演得很像！我當然很樂意留下！這種心情眞是喜悅！到現在我都還很陶醉！每次看到電影或電視上，這種橋段，我都不禁想起這個往事，內心都會閃過這些景像，陣陣的欣喜，一縷縷的甜蜜！

有一次，我們談到她和前夫認識才一個月多，就和前夫上床了，我很驚訝這麼快速，她有一點臉紅，有一點白眼的對我說：「你也不差！還不到一個月呢！」說的讓我有一點窘窘的自豪！

接下來的故事，如果是普通級的電影，就不會再演了，最多蒙太奇一下，就演下一個場景了。

如果是限制級的話，還會帶一點擁抱，接吻，纏綿一番，第二天，東方既白，就攀過劇情了。

不過，我想忠實說一下眞實世界的我們。如果有點色情，就不要再看了！我的心情，有一點像是嫁過去給她的樣子，今晚就要和她入洞房！沒有換洗衣物，沒有拖鞋、牙膏、牙刷，都用她備用的東西，洗澡洗髮，都用她的沐浴乳洗髮精。我才知道她很重視睡前個人衛生。

她的女兒們似乎看過這種情景，很識趣的早早就寢，關上了門房。第一次走進她的房間，坪數不太大，三、四坪左右吧！映入眼睛，左邊是木製衣櫥，沿著牆邊是化妝鏡桌椅，上面擺著她的化妝用品，一些私人寶貴物品，電話，窗口有台冷氣機，下邊是一張大床，占據整個房間。她喜歡睡覺時，床上再鋪一條長方毯巾，床巾上面似乎有一些男女恩愛過的痕跡。人誰沒有過去呢？這些我以後再說。

接下來就是我非常嚮往的時刻了！我告訴她說我很久沒有做那一檔事了，很是期待，又有點緊張！

我好像又回到當年十八歲的我，驍勇善戰，進出多次，直到她嬌喘的喊好幾遍，「不行了！我不行了！」，求饒後才暫停！不輸給村上春樹，在《挪威的森林》的戰績！

我喜歡看她做完愛以後滿足的神情，她的頭枕在我的手臂上，身體依偎在我胸懷裡！穿過她的秀髮，撫摸她的臉龐，我都可以聞到她身體淋漓的汗香，頭髮的香，浹雜在一起，這是我多麼熟悉的味道！辛曉琪唱的「味道」，除了吻，只會想到白色外套，和手指頭淡淡煙草味，顯然是太含蓄了！

片刻之間的寧靜，只聽到她漸漸平息的喘息聲，伴我入睡。

我多麼希望每天都可以這樣！每天清晨醒來第一眼，就可以看到妳，每天都可以親吻妳，擁抱妳，每個夜裡都可以枕著妳入睡！我曾經這樣的寫詩給她！我們曾經這樣相愛過！

我非常滿意我們之間的性關係。這也是我堅持要和前妻離婚的理由！我不想過無性生活！她應該也很滿意吧！我以後還會再說多一些！

跟她在一起的日子，我彷彿回到18歲年輕的時代，我們幾乎天天都可以來上好幾次，片刻也好像沒有退潮過。我非常深愛這個女人！尤其想念和她的魚水之歡！一種心靈和肉體完美結合的交融！

眞可惜我沒能好好把握幸福，讓我失去了她！

當時，我眞後悔年輕時沒能遇到她，如果年輕時能夠遇到她，我們都可以不必受這麼多的苦難，就可以天天擁有她，擁有彼此。

我願意用我的青春，我的靈魂，換跟她在一起的歡愉！我終於了解浮士德爲什麼願意拿靈魂，來和魔鬼交換這種快樂的理由了！

我不記得第二天的事了！應該是颱風放假天吧！我只記得，我住了一段時間，沒有回我林口老家，被老媽罵得快死了！

她的手藝很好，各種甜點、焗烤類，滷牛腱，都很好吃。她在澳洲學過廚藝。我喜歡看著她在廚房煮東西，作菜。有時候，我會整個人呆坐在餐桌椅子上，看著她忙裡忙外烹煮東西，有個女人正在爲我忙碌，眞好！有時候，我會從背後環抱著她，跟她一起洗菜，切菜。感受她身上香氣，溫柔。有時候可以溫存片刻，有時候她會把我輕輕推開，說她正忙，不要吵她。這是我一生中少有的幸福片刻，我後來的女人不愛下廚房，我也就沒有機會享受這種甜蜜了，眞叫人懷念啊！

5. 身世情愛

不管是遠是近，無論你在哪裡。我相信你的愛永不止息，再一次打開我的心門，你依然在我內心深處。我對你愛永不停息。（Near, far, wherever you are, I believe that the heart does go on, Once more you open the door, And you're here in my heart, And my heart will go on and on）。

這是鐵達尼號的主題曲，〈我的心永不止息（My heart will go on）〉，這是咪咪和她的前夫C的定情曲。

有時候她在燙衣服、或作家事時，我看著她專注的神情，我會聽到她不自覺的在哼這個曲子，小聲到你知道她的心裡又在回想過去巨大起伏的生活片段。有時候走過熱鬧的街頭，有人在播放這首曲子，她也會跟著小唱一段，然後就會形聲繪影的告訴我，她過去是怎樣怎樣，沉浸在她和他的故事。把我短暫的遺留在一個冷清的世界……

波西米亞裡的咪咪，身世很簡單，幾分鐘就可以唱完了。咪咪這個女人的故事，卻是不能幾分鐘唱完，我眞希望我有普契尼的功力，可以很簡潔有力的告訴你！還可以傳唱永遠！

她跟我說了她的故事，她住在屏東麟洛的一個宿舍住家裡，她有一個身教嚴謹的家庭，每天起床要聽一段古典音樂；公務人員，教師，交往的對象也是，好像就是她們家生下來就該走的路。她排行老五，上有三個姐姐，一個哥哥。她下面還有一個妹妹，因爲無力撫養，從小就送給別人養，有一個不同的姓氏。長大後，漸漸明瞭這種本省習俗，也較能釋懷。由於年紀和妹妹較近，也較常往來，一起上學玩耍，不像其他兄姐，年長很多，有一種距離。

她念的是五專，家政科。她說學校裡教什麼，我大部分不記得了，但事她講的一則故事，我卻是很驚訝！她說在念家專時要住校，學校宿舍裡，住的都是女生，有些女生會喜歡女生，在宿舍裡熄燈後，半夜都會聽到女生的喘息聲，呻吟聲，有的是自己來，有的是兩個人搞在一起。女生和女生撫摸、做愛，身體上的接觸，她剛開始還不太適應，後來也就見怪不怪了！她還說，因爲宿舍床單都很不乾淨，還讓她的私處染上一種很癢很癢的毛病，多年來都不曾治好。很擔心傳染給別人，所以作愛時都有點顧忌，不太想作，作了又放不開。後來，在我的鼓勵下，我們幾乎是天天作，好像作私處按摩，改善了不少。有一次，我和她去婦產科檢查，醫生還誇說她那裡，保養的非常好，沒有什麼感染之類的問題。看她非常喜悅的告訴我，多年陰霾一掃而空，我也很滿足！我說我這個藥引子還不錯吧！

她出社會的第一份工作，去電子公司上班。在當時這家電器公司是上市公司，很有名的家電公司。她跟她的課長林先生發生「不倫之戀」，被迫離開公司。

林先生，六十多歲，其實對她還不錯，是個老好人。在他們離開公司，離開聯合報，離婚後低潮一段時間後，應該也有十多年，他去澳洲接她，重新接納她，再續前緣。我有看過他們年輕時的書信往來。那時候林先生簡直就是一座燈塔，一個拯救苦難靈魂的聖騎士。

回台灣後，他們住在大溪。看起來感情很好。她也以林太太自居，她說她常裸體在家等情人。他的房子財產也都過戶給她。

有一次她背著我去為林先生辦事，超速被拍到。發現她去一個很偏僻的地方，安養中心照顧他媽媽。她的前夫經常上門騷擾，爭吵家暴，甚至警察上門。她有跟隔壁鄰居一起作氣球裝飾生意。

後來林先生去大陸做生意，那邊娶了一個19歲小姑娘，比他的女兒還小，還生了一個小娃。聽說和小姑娘相處不好，小姑娘耽於逸樂，只想要他的錢，作桑拿，SPA，還養小男人，似乎關係很亂。

有一次他打電話來找她談事情，有一次問菜要怎麼作，我很生氣，跟她結結實實的吵了一架。

她欠了40萬信用卡債。去大陸會林先生。去找過楊先生談生意。上海住過了幾個月。她一直要我幫她還這筆債。也和她女兒討論過我的財產。我說沒錢。她們嫌我狡詐。

事實上她的財務狀況一直都不好，林先生後來台灣生意垮了，也沒有寄錢給她，我後來陸陸續續，片片斷斷的知道外頭還欠了不少錢。屏東老家的a先生，B先生，K先生醫生都借錢給她，D先生是她同學，還有E先生一個供應商代借錢。她說至少還有三個約她，願意娶她，願意幫她還債。

離開電器公司後，去了聯合報系。租屋在報社附近。認識了她的前夫，C先生。當時她才二十多歲，年輕貌美，自然有很多追求者。C先生只有高中學歷，人長得清瘦，口才很好，從事房地產業。憑藉口才，和情書，很快的擄獲美人的心。認識一個多月的晚上，在宿舍前面的樓梯上，C先生說他沒錢沒學歷，有一顆上進的心，C說：「我想和妳一起共創未來！」，就這樣進了房間，談了一些他偉大的未來計畫，當然，也就談上床去了！

原來畢卡索這一套，很多女生都很喜歡！據說，大畫家畢卡索有一個情婦，當時情婦年紀很小未成年，素昧平生，在書局被畢卡索相中，畢卡索只跟她說，嗨！我是畢卡索，我想和你共創歷史，這樣就把這女生拐到手了！當時還引起很大震撼。後來這女生爲他發瘋，進了精神病院！

C先生和她很快就結婚，還開了一家房地產銷售公司。正好那時候，台灣房地產正在起飛，他們生意也愈做愈順，愈作愈大。每次經過淡水時，她都會用手指給我看，在山坡的那一角，一大片別墅，就是他們的代表作，她說當時眞的賺了不少錢！連台北市政府每當有國賓來訪，都要借他家那台賓士六百大車，聽說賓士六百車上每個座位都有暖氣孔，她和她的女兒們常常驕傲的對我這樣形容，嫌我的車破舊又小。

事業作發達以後，一些黑幫就找上門來，還被他自己的生父寫黑函，說他逃漏稅，向他索錢，幾次不愉快後，嫌台灣治安不好，未來政局令人擔憂，她們決定移民去澳洲。每次她都回澳洲去生小孩，一下子就連續生了三個女兒。

6. 娶妾

男人眞是一種奇怪的動物，往往有了事業，就開始想要搞女人，想齊人之福。C開始灌輸她說，C命中注定有兩個女人，他想要有個小老婆。居然她也信以爲眞，還幫她找小三。

我不知道這件荒唐事，到底其中有什麼轉折，但是，她眞的努力看履歷表、面試，親自幫他物色到一個小老婆，我稱爲L小姐！開始當公司會計，我也很訝異L竟然也願意當小的！然後她還親自送L和自己的老公上床。

她說這個過程她也很掙扎，哭了好幾次，最後妥協，爲了婚姻與孩子，願意成全自己前夫的夢想。送L小姐和前夫上床的那一晚，她根本是強顏歡笑，整夜未眠。後來實在難以忍受，有點精神崩潰！

更荒唐的事還有！她有一次很不經意的說，她、C和L，常常三個一起作愛，玩3P！

有錢人眞好！可以這樣荒唐淫逸！「眞是無恥的狗男女！」這是我當時第一次聽到這事的第一個反應！現在的我，可能就不會這樣反應了，看起來一點都不輸給香港的陳冠希！眞行！吼塞雷！

我說：妳怎能容忍和別人分享自己的男人，還一起搞作愛！她似乎有苦難言，說不上是喜是悲，一起作愛，可能比被冷落一旁，不知道他們在搞什麼，還要好一些吧！至少沒有全無！

兩個女人，她們中間似乎曾經談判過，有某種協商過的痕跡。因爲，後來咪咪就遠去澳洲避居，不再出現台灣。L小姐對外稱C太太，沒有生育，沒有小孩！一起生活，包括後來開餐廳的事。

有錢人眞好！可以亂搞！很多成功的商人，像台灣的王永慶，澳門賭王之流，都擁有很多房老婆，妻妾成群，子孫滿堂，世人多以豔羨的眼光看待！只要有錢，多少奶，多少房，都可以！奇怪，也都有女人願意當這些男人的小老婆！「細姨」！從沒有人罵這些人不該，罵他們的子女是私生子，譴責這些人他們對婚姻的不忠實！但是對「小三」，「小老婆」，「二奶」，卻是以鄙夷眼光視之，認爲她們破壞婚姻，恨不得吃她的肉，喝她的血，去之而後快！大老婆常常以「抓姦」，「抓猴」來上新聞版面，在我們的社會，這種矛盾是同時存在的！

7. 餘緒

我在後來的日記本裡，找到我們過去生活的片片斷斷。如果不是日記本裡有記載，我幾乎忘記，我們過去是怎樣過日子的。

六月四日

我鼓起勇氣打電話給她，約她明天吃中飯。她去家樂福買泡麵，沒有找到自己喜歡的。我吃同學剩下的青菜。窮困的日子會讓人連電話都不敢打！

六月五日

早上清洗冷氣機，慘了！隔壁的師傅說要一個多鐘頭，趕快跟她說delay。

中午約在誠品吃麵，麵吃得不算成功。

晚上我送她痱子膏，顯然她很高興！我買了她的水瓶，紅色的。我喜歡感覺你喝水時感覺的感覺，to feel what you feel like, to learn to see what you see, 我學她提著水壺，學她打開水壺，喝著水，透過水瓶的紅色，看著紅橙酒綠的色彩世界。

六月七日

去接她的小朋友時，我故意把水壺拎在手上，想要給她看到。

六月九日

等了兩天沒有看到她的人，星期五，終於給她看到了！她笑著說，紅色的最好看囉！

晚上心情很不好，誤打了兒子，惹火的他媽，去麥當勞吃薯條。

晚上約近11點前打電話給她，3次。第一通，打過去立刻被切掉，第2通響很久，沒人接。第3通，電話關機，你撥的號碼無人接聽，請稍後再撥！是什麼的情境，要這樣刻意不接電話！想起以前那個寡婦和警察的故事，我空等一夜的電話，只爲隔天告訴我她睡在別的男人的床上，心都碎了！

心情很悲傷！我決定要對自己好一點，過自己想過的生活！

8. 馬克會舊情人

這一個星期天，天氣很陽光，馬克一早5點半就出門，從台中悄悄的開車到高雄，沒敢讓老婆知道。

8點多時，應該到了高雄，卻迷路開到鳳山，折騰了半小時，馬克才到美術館。終於見到了馬克的舊情人。

馬克開車送她回屏東，然後又開回來台中，到台南都塞車，過了嘉義以後就好走多了。一路回想，有很多感觸，心中的天氣是陰陰的。

有多久沒見了，我打量著她，有一陣子，我恍神好像看到一個八十歲的老媽媽，又像是電影裡的巫婆影子，嚇死我了！臉部，手部，都呈現乾癟的樣子，很像芒果放壞了的樣子，有蕣黃、有黑黃一塊塊地，皺皺乾乾的皮包著，似乎還有陣陣噁心的味道。黑如蠟黃，皮膚平的像曬乾的鹹魚，說話時帶手勢，手，指來點去，一付老大媽說話。

我在想，我真不應該這樣形容她，畢竟，她是我曾經愛過的女人！老了真是可怕，她看我時，是不是我也是這個樣子？

沉默了一小段時間，我不知道要如何打開話題，她先說話，她說到她現在的工作情況，說到以前她在澳洲照顧的雇主，她已經死了3年了，死前她如何盡心盡力的幫助那個人。

然後談到死亡，她說，她只想活到75歲就好了，快快樂樂可以自主的死去。

喔，原來我們的年紀已經到了見面可以談死亡的事情了，就好像去超市買東西，一樣的自然。

爲了要活到這麼老？就提到養生，如何吃，如何控制體脂肪，她說得津津有味，手還不時的揮來揮去，還從皮包裡拿出一些她的獨門配方給我看。

我說，我要控制血糖，很多東西都不能吃，尤其是甜食，相當辛苦。

她愈談愈有興致，開始說到她現在很能吃，說昨天晚上有個男生請她吃牛排，男方也是很多東西不敢吃，對方才點了6盎司的牛排，她吃了12盎司，還把對方的分吃了。喔，好大的食量！他們席間應該有聊到選舉的事，她還問我投哪一個人比較好。

一路上都是她在講話，我像是個演話劇搭腔的，有一搭，沒一搭的。我突然想到以前的一些事問她，存摺上的金錢，她說她已經忘光光了，不記得有這件事，差一點吵起來，我趕快轉移話題。

約莫40分鐘，很快就到她屏東的家。感覺卻好像很長，幾十個鐘頭。

終於找到她的住家，在門口，下車之前，咪咪問我：怎麼沒請她吃牛排？她得意地說，請她吃飯，要有一定程序，她還說了一堆她重視的禮貌。

我那時候腦袋裡，突然想到，法國莫泊桑的一篇幽默諷刺小說，請一個貴婦吃飯的情景，好像也是這樣。

我怕她吃下一頭牛，我沒有想請她吃牛排，我也沒有想要和這個人吃飯。

我沒有想要和眼前這個女人繼續往來，她還以爲這次見面，我另有企圖，問我有什麼話要說，我想了一下，把話吞下去：「其實我只是想見見老友而已」。

經過今天的這種情況，我恍然大悟，她已經不是我以前認識的那個女人了。

以前那個嬌滴滴，皮膚白裡透紅，說話輕聲細語，抱起來軟綿綿，又豐滿又有彈性的女人，已經沒了，我以前愛的那個女人已經不見了。像是莎士比亞的戲裡說的：gone, it's gone!

這個人已經不是當年我愛過的女人了！我只能在回憶裡和她相聚首了。

就這樣子了！

（用現代的話說，就醬子了！）

馬克開車走在回家的路上，老婆，我回來了！

9. 2000年暮光之戀

我還能記得當初的樣子，慶幸我留下了日記。

2011年11月18日，上午打開我的email，跳出一個訊息，來自奇摩部落格的留言通知，一個很熟悉的名字，映在眼前，咪咪，第一個回應我的鬼故事的人！

「Hi, Dear mark ,long time no see, how are you. 不知你居然還會說鬼故事、佩服ㄚ！」有點詭異，看起來有點灰諧，有點戲謔，又有一點不懷好意，正是她的標準作風！我都還要再等一等，才能判斷她到底是什麼意思！

我有點驚喜，我的第一個網路文章的留言者，是我的舊情人，很奇怪的感覺吧！我不知道要如何回應，思緒很亂。

有一些往事開始浮上心頭，我想起來過去一些事情，點進去看我的文章，有寫到她的那一部分，文章說，正常時，她是一個完美的情人，我很愛她！我想這一點她應該很高興吧！

我無法專心準備功課，也無法安心寫黑板，於是放下工作，去麥當勞吃點東西，算是吃午餐吧！一坐下來，就會想起咪咪。

有看我的文章，有回應了！不知道她現在過得如何？很多想法都浮上心頭，很難平靜。

我很想寫一點我過去的戀愛史，可是想起當事人，不知道會不會影響他們的生活，造成別人的困惱？我不喜歡九把刀的作風，一心只想到自己的情感，非常自私，忽略了別人！電影、小說都紅了，可是書中的女主角就會很尷尬，她如何對待她的丈夫呢？如何對她周圍的人交代？如何看待這一段過去呢？所以她只好遠離工作，躲到大陸，甚至更不知名的地方，過著隱姓埋名一樣的日子！想重歸舊好嗎？還是再續一段情緣呢？看起來，寫作的慾望可能更勝於一切吧！

我想起我們是怎麼相遇的，相戀的過程。時間好像回到2000年8月20日那一天，我的心都飛揚了起來！一抹微笑牽動嘴角，很像村上春樹遇見百分之百的女孩！想起她的好，心中眞是百種感覺，像是一堆辣椒，酸菜，胡椒，大蒜，番茄汁和在一起，說不出來。

然後就會想到她遠在澳洲，生活恬淡。我常常在想，如果當初跟她在一起，會是一種「挪威的森林」嗎？還是一種情慾交織的熱戀？現在會是什麼樣的人生？去澳洲移民定居嗎？我去澳洲做什麼呢？有多少百分比會留下來嗎？我們現在會怎樣呢？留或不留，這是一個完全不一樣的人生發展啊！我想到「海角七號」裡，阿嘉抱著女主角說「帶我走或留下來」，年輕眞好！可以這麼率性！可是，往往眞實都不是這樣激情！

我很希望她多留給我一些訊息，她的電話，她的email，什麼都好！眞後悔當初把什麼都毀了！現在就只是這些片段而已。我很想把這段中年的戀情寫出來，像是「黃粱一夢」，或「南柯一夢」，或是一場人鬼相戀！一切美好姻緣，悲苦愛樂，都不過是過眼雲煙，如夢似幻，一場夢而已！

我還想追求新的戀曲嗎？已經過了人生半百的我？愛情！女人！是作家的謬思！是創作者靈感的來源！是一切熱情的源頭！

我想，我想留下一些什麼！一種叫做「永恆」的東西吧！

這一個下午，她的訊息，撞擊了我很多思緒的火花，難以平復，……。

第九章

童言童語

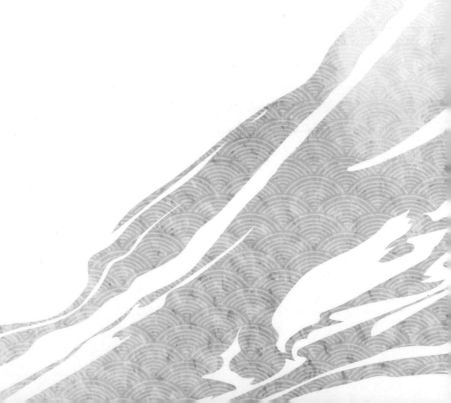

1. 薑餅人

昨天晚上回家時，小濡哭著回家，說剛來的小一新生小安，給她取綽號，還動她的暑假作業。

小安是8月剛來的小一生，有點靦靦，皮膚黑黑的，動作有點粗魯，說話有點慢，不太愛說話。來了幾天，也不太理我，回家時也不打招呼的。

看起來事態有點嚴重，需要我親自處理。

今天一早進門，我就叫他來身邊，小聲地問他：「你叫小姊姊什麼？」

「薑餅人」，他小聲地說，

「你爲什麼給小姊姊取綽號？叫人家綽號是不對的！」

他沉默了一陣。

「在這裡你只可以給我取綽號，我是麵包超人。」

他問我：「什麼是綽號？」一臉疑惑的樣子。

我有點愣住。說「綽號就是叫人家薑餅人……」

「我不知道她叫什麼？」

我有點頓了一下，腦袋一片黑暗，這事怎麼解決呢？

於是我說：「你可以問小姊姊什麼名字呀！」

「來，跟我說一遍：小姊姊，請問你叫什麼名字？」

「小姊姊，請問你叫什麼名字？」小安很努力地說出這一句話。

我找了一個小朋友來，我說：「來我們練習一遍，你問這位小姊姊。」

「小姊姊，請問你叫什麼名字？」

「林巧巧。」

他發現對方有回應了，眼睛一亮，好像一道光，閃過他的腦袋，好像通了！

我再跟他說：「沒有別人的同意，不要動人家的東西。知道嗎？」

他點了點頭。

「你可以說：我可以看一下嗎？別人同意後，你就可以看。來跟我說一遍。」

「我可以看一下嗎？」

「很好，以後有什麼事，都可以來找馬克……」

他一臉茫然地問我：「什麼是馬克？」

我給他這麼一問，也不覺好笑。

「馬克就是我，我就叫馬克……」大家都笑了！

下午回家時，他說要等爸爸來接。他家就住在安親班對街上，我就說，我送你回家吧。

我牽著他的小手，等沒車時，跨過馬路，送他回家，交給他爸爸。

當我跨過馬路回來時，我聽見有人很大聲的對我說：「馬克，再見！」

「馬克，再見！」

我回頭時，看見他一張稚氣的臉，高興地揮手跟我說再見，我也跟他揮手。

2. 小一阿澤有女朋友

阿澤是小一的男生，他長得白白淨淨，五官端正，是個小帥哥，頭腦聰明的模範生，人緣很好。

他和同班一個小女生，23號，他都這樣叫她，交情很好，上學期到現在，他們常常玩在一起，放學的時候，兩個人還會互相追逐，玩來玩去，有時候，他會先去等23號媽媽來接後，再跟我回安親班。我對23號的印象不錯，溫柔可愛又很有禮貌的一位小女生，阿澤有一次和我聊到23號的家庭狀況，我想他們兩人的交情應該不錯，比一般小朋友還好。上個月，我還笑著跟他媽媽說：阿澤有女朋友囉！

前三天，學校側門的道路整修，只好換到另一個側門接阿澤回家。第一天，我等了很久，沒有看到阿澤，23號走過來跟我說：叔叔，阿澤走1號路隊，在學校大門口，沒有在這裡。我趕緊開車到校門口接阿澤，看到他慌張不知所措地走來走去。

我跟阿澤說，23號是個好女孩，溫柔體貼，又會照顧人，明天去學校後，你跟她說，回家的時候，要跟23號走同樣的路隊，她應該就會照顧你的。

結果，兩天下來，阿澤竟然都不敢跟23號說一句話，竟然只是躲得遠遠的，偷看23號走的路隊，跟在後面，竟然還走錯路呢！我說：你跟她說一下就可以的事，你竟然一句話都不跟她說！

還躲23號遠遠的！我這樣說他，他也是一句話都不講。我覺得他是有意躲23號！

看起來，我又破壞了一則好事了！小一的小朋友，可能很怕被人家說誰是誰的女朋友，害羞又不敢辯解，只好疏遠，躲得遠遠的！

這件事還有個小插曲。

當我說23號是個好女孩時，同車的小一小軒，也不甘示弱地大聲跟我說：我也是好女孩呢！我說：妳又兇，又恰北北，誰敢交妳啊！大家笑成一團，小軒一直捶我，……。

3. 小妹的感覺

星期一晚上，我載書羽妹妹回家，我想請她吃牛排大餐，書羽說：不了，那是星期五的感覺。

我說：那我請妳吃意大利麵，怎麼樣？

書羽想了一下，說：那是星期三的感覺。不了！

星期二時，我問妹妹說，那妳今天是什麼感覺？她說：今天是吃粥的感覺。我想吃稀飯！

到了星期三，我想可以請到她了，我說：今天可以吃意大利麵了嗎？

她說：不了，我已經吃過了！

天啊！我這個11歲的女兒怎麼那麼難相處呀！

這是什麼小文青啊！

4. 養女兒

小三的時候，有一天，閒來無事，我問小妹將來長大要過什麼生活。

鄭小妹說：以後長大，我要被人包養，每個月有十萬塊零用錢，我的男朋友，天天要請我吃飯，要開車來接我，還要送我巧克力……

我心想：那……，那不就是你老爸現在做的事嗎？

我這女兒也太不爭氣了吧！

5. 膏跟糊

書羽問我：膏跟糊有什麼不同？

她說：你會說醬油膏、枇杷膏，但不會說醬油糊、枇杷糊。你會說麵線糊、芝麻糊，但沒聽過麵線膏、芝麻膏。

有什麼東西既有膏也是糊呢？

嗯，米膏？漿糊？

我心想，小妹啊，此「糕」非彼「膏」？

漿糊，不能吃的！

我也弄糊了！

6. 遇到搶匪

有一天，我正在忙，鄭小妹走到我面前，很無辜，很溫柔的伸出手，對我說：給我錢。

我想她大概肚子餓了，想要點錢買零食吃，於是我打開皮夾，說：十塊錢夠不夠？

她溫柔地把我的皮夾拿去，快速的把我的幾千元都扒光了……，然後，一溜煙的，迅速離開現場。我都來不及反應。

我……我……，我遇到搶匪了！

事後，她還很得意地跟媽媽說，老爸神智不清時最好騙。

7. 絲瓜不配豬肉

有一天中午吃火鍋，我悟出了一個天大的道理。

如果你是絲瓜，就不要和豬肉在一起，否則就會被幹掉！

這家有名的豬肉火鍋餐廳，今天起不再提供絲瓜了！

服務生跟我說：對不起，絲瓜沒賣了！

師傅說：因爲有客人反映，絲瓜配豬肉，會讓絲瓜變苦，變得很難吃！所以只好讓絲瓜消失了。

我說：看起來，豬肉很有心機，絲瓜被幹掉了！

媽咪說：可是，絲瓜配蛤蜊很好吃的。

書羽妹妹問說：那爲什麼不讓豬肉消失呢？

師傅說：因爲現在豬肉當道，只好讓絲瓜退出市場。

我想起一些政治人物。我的內心深處閃過一陣陣的淒涼！

人跟食物的道理是一樣的。絲瓜只能配蛤蜊之類，想要高攀豬肉，混在豬肉鍋裡，勉強在一起，是不會有幸福的，條件不符，就會被剃除，連朋友都作不成！

分手吧！絲瓜和豬肉！

8. 棉花糖

今天學校運動會，校門口來了一攤棉花糖，小朋友放學時，跟我吵著要吃棉花糖，我就每人給一點錢，讓他們去買棉花糖。只見幾個孩子，用很期待的表情，站在棉花糖攤前，眼睛瞪得大大的，看了一會兒，然後就高高興興的，各自買了彩色棉花糖。回來一路上，嘰嘰喳喳的吃著棉花糖，說著一些故事，大家有點像去遠足一樣的快樂。

對現代城市裡的孩子，棉花糖似乎有說不出的魔力，總會讓他們吵著要買。一夥人看著老人，把糖倒進一個小孔，就會吐出一長串的棉花絲，絲絲相連，結成一個彩色的夢想。

平常也很少看見，看見時，也都是老人家推著一個小攤子，到處遊走叫賣，對我而言，是一個古老陳舊的回憶，有點像清朝往事的感覺。

前幾年，我接送過一個國小五年級的女生，有一天，在她學校門口，來了一攤棉花糖，她吵著要買，她說，她活了一輩子，都沒有吃過棉花糖！她想要去嘗試吃吃看，我心想：一個11歲的孩子，她懂什麼是一輩子呢！

她買了一支白色的棉花糖，很珍惜地把她吃完，我還記得她那一幅很感動，很滿足的表情！那是一個四月天的下午，感覺春風吹過的樣子。

第二天，她還拖著我去找那一攤棉花糖，只是，到後來小學畢業的一年多裡，都沒能再見過任何一攤棉花糖，好像陶淵明再也找不回他的桃花源了。棉花糖，成了我們最久遠的懷念！
我想，陶淵明的桃花源應該不是一個地方，它應該是人們心中的一塊樂土。
棉花糖，應該是孩子心中的桃花源吧！

9. 運動會的焦慮

小朋友今天運動會，喜悅之餘，大家都存在很深的焦慮。

昨晚附近的全聯社，擠滿了惠文國小的小孩和家長穿梭來去，大家都來找東西買。

小朋友說，老師有規定什麼可買，什麼不能買，飲料、餅乾不能買，要買的話，要買全班的分，包括老師的。冰的、點心不能買，只可以家長帶來。規定很多。包括什麼時間只能作什麼事。

爲了要解除這個焦慮，我提議讓老師去買東西！好好的一個運動會，弄成這麼可怕的焦慮，變成大家一起抱怨的話題。你說這不是很可惡嗎？

小朋友聽了，說我愛說笑。

是啊！也只能阿Q一下，自我解嘲！

10. 家暴

三個小孩七嘴八舌在我車後面抱怨了一番。

夢心一副可憐哀怨說：「我最討厭我妹妹了，它最愛掐我，捏我，掐得我全身流血，每次我都被它欺負。妹妹最愛跟我搶東西，媽媽說它是我妹妹要讓她，爸爸說我出手力氣大會把妹妹打傷。」

宗右很激動的附和說：「我也是。我妹妹最愛捏我。」

清奇也說：「我妹妹最會掐我，我全身都被妹妹掐過，全身都有血絲。然後伸出兩臂，給其他人看傷痕。」

三個人愈講愈激動。好像有了共同命運一樣，出了一口氣！

原來新式家暴來源，不是大人，而是妹妹！

11. 明樞

這一天，小一放學。

明樞看到一個同學走來，熱切的喊叫：劉軒！劉軒！

我心想：這個人是品雲，他怎麼會認錯。小一常常人和名連不起來，亂叫一通。

兩三個小朋友就起哄的說：叫錯啦！

品雲走到我車前，剛開始聽到叫錯時，有點無聊，眼睛向上翻了一下，然後，很無奈的看著我，大大的呼了一口氣，聳聳肩，再過來，有點冷漠，嘴巴念念有詞地小聲說：討厭！

轉身就打開後車門，坐到最裡面去了。

我想，我應該學古代傳奇小說「霍小玉」裡的開頭寫法。寫說，明樞，男，7歲，南屯人，念惠文國小一年級。他是阿公撫養長大。常常丟三落四，掉東西，一下子掉鉛筆盒，餐袋，一下子忘了帶聯絡簿，功課作業。才開學沒幾天，聯絡簿常常被老師寫缺交作業，實在頭痛！又常常弄壞東西！他常常露出他肥肥的一張臉，瞇著眼睛，對著我笑，同時，一手弄我的車門鎖，一手翻我車子的東西，我有時恨得癢癢的，想制止的喊：陳……明……樞……！

12. 童言童語

今天，兩個小一的男女同學，放學在我車上。嘰哩瓜啦聊天，突然一陣沉默，女的好像很不高興，氣氛很僵。

我說：「怎麼回事？生氣啦！」

女的說：「他說我有大缺點，我有什麼大缺點？你說嘛！你又不說！」

男同學很怯弱，默不吭聲，好像說錯話了，有一點內疚。

我靈機一動說：「你有什麼缺點呢？你的缺點就是……長得太漂亮，太可愛了！」

突然間一陣破笑，兩個人都笑開懷，又嘰哩瓜啦說了一堆……

13. 小二的問題

原來小二的小朋友都會問這種題目！
你猜我叫什麼名字？（你不說我怎麼知道呢？）
我幾年級？（幼稚級？）
我幾號？（31號？）（一班不會超過30人）
你猜我早上吃了什麼？（？？？）
你猜我的書包裡有什麼東西？什麼口味的？什麼顏色的？
（？？？鬼才知道？）
當你什麼都猜不到，他們會很得意的嘲弄你！
嘲笑你好笨喔，連這種題目都不會！（到底是誰在耍笨？）

14. 學藝術的不用學數學

他是一個很有想法的小男孩，從小就想從事藝術，已經跟著老師，學畫了一陣子，一年前，我還借了他一本藝術概論之類的書，介紹他繪畫世界的種種。

上了小學五年級以後，他的數學，月考考了二十多分，期末考四十多分，學校還發了一張輔導通知書給家長，要他留校學數學。

他的想法是：學藝術的，不必學數學！

他長得白白淨淨的，戴著一幅眼鏡，是個聰明伶俐的孩子，卻死也不做數學。

這是家庭問題呢？是學校教育問題？還是他個人選擇的問題？只是他才11歲，就要放棄人生的某一部分，這是正確的嗎？這是公平的嗎？

隋唐時候，有一個小童，只因聽得法師講經，隨聞領解，悟若天眞，7歲就出家了，法號「吉藏」，是一得道高僧。

人都可以這樣隨性隨緣嗎？只因一時起性，就要用一生來究竟嗎？

禪宗教人要無念，無相，無住，這樣執著不學數學，這是他那個學藝術的老師講的嗎？還是他的妄念呢？

15. 珠心算檢定

今天送小朋友考珠心算檢定。回來在車上閒聊。小朋友抱怨乘除法很難，加減法比較簡單，可以用心算代替撥珠。

我一時興起，就說到乘除法對我比較簡單，我說：「那時候我考6級時，乘除法幾乎滿分……。」

話還沒講完，就只聽到後面4個小朋友爆出瘋狂冷笑……

「才6級而已……」我聽到有人細聲說。

馬姬跟我說：「後面這4位同學，珠算少說也有一級以上。心算都是段位級的，你少丟人現眼了！……」害我一時很囧，不知道要說什麼，想找一個坑埋起來……

16. 命案

今天早上約11點時，寧靜的大樓，突然傳出一長聲的尖叫，啊⋯⋯叫聲非常驚恐，淒厲失魂。劃破整個天空，所有的人都側耳、屏氣在聽，到底發生什麼事了？

我急忙的跑上樓去看，女主人顫抖的躲在一旁，手指著方向說：在那裡。

原來死者性別不詳，身高約莫四十公釐，穿咖啡色外套，倒臥在冰箱旁邊，口吐白沫，雙眼突出，手腳激動揮舞，狀似中毒，死前痛苦掙扎。看來這裡不是命案第一現場。兇手留下一點微量的跡證。現場沒有目擊證人。

趁媒體記者還沒來，我很快的清理現場，處理善後。

事後，大樓又歸於以往的平靜，好像什麼事都沒發生過。

17. 閒聊

今天去銀行匯錢，一向少說話的櫃檯行員突然跟我哈拉了起來。

看著存摺，她說：你太太姓蓋喔，這個姓很少見。我點了頭應付的說是。

應該是大陸那邊的人吧！她又說話了。

我說：是呀，三千年前，周文王時候就住在山東那裡了。我心想，隨便掰了一下。

她竟然回我說：周文王喔，應該是周公的爸爸吧！是啊！我常上課夢見周公呢！

什麼跟什麼嘛，我心暗想。

她又神回了一句：你的名字有華清，華清池喔，也不錯！

我隨口應了說：那是唐代，距離周朝，相差了兩千年。不過妳放心，一千多年前唐朝時，那時候我還不認識我太太！

……，一陣靜默。

18. 插頭記

這事發生在道瑜小五的時候。

道瑜的電腦少了一個三個插孔的轉接插頭，他每次都去盜用老爸我的轉接插頭，好幾次我想用電腦，都找不到插頭，把他臭罵了一頓。叫他想辦法去解決！

於是他想到一個解決方法，轉去偷拔烤箱的插頭！

這回惹惱了媽媽，媽媽要用烤箱時，又少了插頭！他又被臭罵了一頓！

老爸我跟他說：這是一個20元的決策！買一個，可以自己隨意用！我已經等你三個月了，你還想不出解決方法，竟又去偷另外一個。

他說他會去屈臣氏找找看，我說：「這事不需要找姓屈的，姓屈的沒賣！」

道瑜說：那我去找愛迪生（文具店）問問。我跟他說：「愛迪生發明燈泡，沒賣插頭！」

情急之下，他說：那我去找阿姨問好了。

媽媽從廚房出來，很有智慧的說：「去五金行買就有了！這麼簡單的事，還要凹多久！」

霎時間，道瑜好像找到明燈了！

次日清晨一大早，道瑜便起身去五金行，大約一個鐘頭後（五金行離家只有十分鐘距離），道瑜回來了，高興的對我說：「插頭一個25元！現在漲價了！」

好像很得意的辦好了一件大事似的！！

哎！想要教孩子學會解決問題，要有方法，眞還要有耐心！

19. 驚奇

剛剛在麥當勞得來速點餐，收錢的小姐是一個年輕的女孩，厚厚的眉毛，細細的眼睛，塗上紅紅的口紅，穿紅色衣服，印象深刻。

取餐的時候，又看到她在忙著餐點。

我突然感到十分驚訝，瞪大眼睛，這個女生也太厲害了吧！一下子在前面收錢，一下子跑到下一個窗口送餐！手腳俐落！瞬間移動，麥當勞也太那個神……吧！

小姐大概看出我的吃驚的樣子，笑著說：「前面那位是我的妹妹，我們是雙胞胎。」

好丟臉的我！

20. 綁手綁腳

安親班的小波問我：學校老師說，古時候第一名叫綁手，第二名叫綁眼，那第三名叫綁腳，對不對？

天呀！搞了半天，我才弄懂，綁手是「榜首」，綁眼是「榜眼」，哪裡來的綁腳？

21. 我有了！

今天早上，我正在吃早餐，突然來了一通電話，電話那頭傳來一個女人的聲音，又急切又興奮的對我說：我是sally，我有了！我有了！

我一時會意不過來，問她：妳是……？

她很激動的又說：我懷孕了！我懷孕了！

我很困惑的說：我是孩子的爸爸嗎？

過了幾秒，我才想到這個sally，是剛來不久的美語老師，可能是第一次作媽咪，特別高興，想要請假，所以……

22. 公公

以下那些可以是「公公」的意思？

（1）先生的爸爸

（2）爸爸的爸爸

（3）宮裡的太監

（4）太監的爸爸

（5）愛人的膩稱

文字和語言是有不同的，

（1）先生的爸爸，公公兩個字音，輕重一樣的輕聲唸出來。公、公。

（2）爸爸的爸爸，第二個字要念輕聲。在台灣，可以唸成，阿公。

（3）宮裡的太監，電視劇裡的讀音，前面公要發重音，後面公要發短音並且輕聲，公、公。

（4）愛人的膩稱，說這句時，女生要作嬌柔發騷狀，聲音嗲嗲的，公……公……

香港人喜歡叫：老公，意思是一樣的。

阿公和老公，意義是不同的，就像皮包和包皮，是很大的差別！

（5）太監的爸爸，這是我瞎掰的。

23. 耶穌來念書

今天清明節，我在分校值班。

中午時，有一個人自稱耶穌的人，也來插班報名空中美語安親班。他說空中美語安親班重視語文教學和品格教育，值得他來！

他說他自幼家貧，不是在醫院被接生，而是在馬廄出世。單親家庭，他沒有爸爸，由媽媽撫養長大。沒上過什麼幼兒園，沒有什麼衛生常識，早知道衛生有問題，他不會說別人右臉吐你口水，還要左臉給他吐，萬一有感冒病菌怎麼辦？萬一有肺炎傳染病怎麼辦？他不想長大後從事密醫工作，到處詐騙說他有神力，能幫人治病。

他還說他應該要來上課，多多了解中華文化，跟孔子、孟子做朋友，就不會說信上帝，不能拜祖先那種話，那清明節少放一天假，虧大了！

他還說，他可以邀他的十二個朋友一起來，有約翰、馬可等等，十二個人就可以單獨開一班，小班教學，不錯喔！不過，他後來想了一下，又跟我說，還是不要找猶大來好了，你知道的，我跟他有一點心結，不太爽他！

24. 一隻耳朵

昨天大過年的，梵谷捧了一隻耳朵來找我，天啊！他把自己的耳朵割下來了，很苦惱的問我：一隻耳朵能做什麼？

他跟我說，一隻腳，可以像古代大俠，千山「獨行」不必相送。

一隻手，可以遮天，

一隻眼睛，可以一目了然，「獨」具慧「眼」。

一個鼻孔，可以一起出氣，或是「沆瀣一氣」。

一張嘴，可以顛倒是非，死的說成活的。

可是，一隻耳朵能做什麼？

般若波羅蜜多心經裡說要沒有耳朵，「無眼『耳』鼻舌身意」，才能無罣礙，才能遠離顛倒夢想，究竟涅槃。沒有說一隻耳朵，可不可以達成那種境界？

我心裡暗想，可以切成絲，滷一滷，下酒的好小菜！怕被梵谷說沒氣質，滿腦袋都想吃的！少了一隻耳朵，就不能左耳進右耳出嗎？可以逆來順受，少聽聽耳邊風嗎？

我這個朋友太有智慧了！

於是我把這段奇遇，像古代的子張，把孔子的話寫在褲帶裡！（子張書諸紳）

25. 池塘的魚

年輕的時候，教書的老師問我們，要做大池塘裡的小魚，還是小池塘裡的大魚？
那時候，意氣風發，志氣高傲，只想作大池塘裡的大魚！
經過這麼多年，我的池塘沒有變得更大，我這條魚，卻愈來愈小。
現在的我，只想有一個小小的水池，作一條老魚。
偶而聽聽和尚念經，清風吹過樹梢，僧廬聽雨，任憑細雨打空階，滴到天明。

26. 白色的友情

兩個人的情誼，如果從四歲就開始，算不算一輩子？

珊跟燕，她們從幼兒園就玩在一起，孟不離焦。

國小的時候同一個學校，她們也都膩在一起，可以說形影不離。

五年級的時候，珊來我們安親班，不久以後，燕也跟著來了。

那一年暑假，她們還相約回到從前的幼兒園，兩個大姊姊去幼兒園，一起過暑假，重溫以往的生活。

我偶而經過教室，會看到她們身體靠在一起，四隻腳交錯，很親密的窩在教室的一個角落，一整個下午就是兩人的世界，像蜜糖一樣黏，說話都小小聲，簡直就像一對情侶。

上了國中，她們也是同一個學校，她們似乎也曾試圖和別的同學往來，最後都沒有繼續。她們索性就更公開了。

後來，放學以後，來補習班之前，珊就去燕的家裡，等燕換衣服，一待就是很久。

有幾次我開車外出辦事，我看見她們兩人走在路旁，穿著同樣白色的衣服，同樣白色的鞋子，揹著同樣白色的背包，散步在街道上，很像古詩上說的兩隻兔子在道路上奔走，分辨不出誰是雌雄。

義。

國三時，珊的成績比較好，有機會考上一女中，被學校列爲重點輔導對象，發了一堆複習講義。

那天兩人在一起看書，我跟珊說：「你可以把一些學校複習講義，也給燕看，增加她的實力，兩人一起努力，考上同一所學校！」

她側著身子，低著頭看我，水汪汪的大眼睛，長長的眼睫毛，閃耀著光輝，臉上露出幸福、滿意、被肯定的笑容，點了點頭。好像我說出了她的心事！

祝福她們，將來還可以繼續在一起！

「雄兔腳撲朔，雌兔眼迷離；雙兔傍地走，安能辨我是雄雌？」〈木蘭辭〉

27. 錯看

那天我在櫃檯看書，有一個女生進來，臉色黑黑的，頭髮蓬鬆，

我直覺地說：「這位媽媽，請問有什麼事嗎？」

她很靦腆的說：「我是來上課的，國一數學。」

下課時，那個女生又跑來找我，口氣有點不滿問我：「我是看起來有這麼老？這麼醜嗎？」

害我很不好意思，一直說：「對不起！對不起！我老眼昏花了！」

她很生氣地轉身走了。

唉！下次眼睛要放亮一點！

別把小女生錯看成老大媽了！

28. 兩隻番茄在吵架

一隻說：「哈哈，你的鬍子又長又細，長在肚臍上！」

另一個不甘示弱的說：「你的屁股紅通通，光溜溜，不要臉！」

爲了化解她們的爭吵，我決定把兩隻番茄都吃進肚子，讓她們在我肚子裡融合相處！

29. 香蕉

昨天中午，小聿和石頭兩個國中一年級女生，在我前面桌聊天。

我正在用餐，桌上擺著一隻香蕉。

正當我拿起香蕉，要剝時，小聿盯著我看，笑得很曖昧，很尷尬的說：

「不要在我面前吃香蕉，我很敏感的……」

我一時不能會意，想了一下，我也笑了，就把香蕉拿開。

「對不起，我想小女生應該沒什麼關係……」我也很不好意思的說。

「我已經不是小女生了……」我聽到她小聲地說。

這是一個很奇怪的感覺，從前的小女孩，好像變成一個女人了！

30. 一封來自仲永的告白

最近我收到一個朋友的來信，又在感傷我才華埋沒，說我不是資優生，不肯給我一點協助，讓我耿耿於懷。

自從我的名字，被王安石寫了一篇〈殤仲永〉後，從此就再也抬不起頭來，背負千年的罪名！

王安石先生在文章中，先說我才華洋溢，後來不肯讀書受教育，以致才華埋沒，變成一個普通的衆人。

在我們那個時代，會念書的知識分子，常常覺得萬般皆下品，只有讀書高，根本瞧不起其他行業的人。我在市場賣菜賣魚賣肉，做最基層的老百姓，每天生活得很實在，兢兢業業，爲了謀求衣食無缺，家人和樂，我那一點小小的幸福，就應該被說才華埋沒了嗎？被王安石感傷嗎？

你一定看過《儒林外史》，或《官場現形記》小說，受教育很多的人，常常看不起做粗活的人，都不想好好工作，整天只想追求功名利祿，黃金屋和顏如玉，考取功名，做大官，光宗耀祖呀！所以范進都已經六十多歲，不事生產，還要去考進士，考上了還高興得瘋了！

再說王安石先生，雖說天資聰慧，文采奕奕，很會做官，是歷史名人。可是，王安石宦海浮沉，憂讒畏譏，結黨營私，搞什麼新政改革，排除異己，殘害百姓，難道這就是有才華資優生會做的事嗎？宋代如此，明代還出了一個張居正，到了百年以後，還出了一個馬英九；哈佛博士，大學教授，貴爲總統，還不是昏庸無道，無視於人民自相殘暴，陷百姓於水火之中，賣國求榮，亡黨亡國，還沾沾自喜，以爲功高偉業，澤披蒼生！卸任了還不安靜，整天爲中共利益叫囂，欺壓台灣，這種資優生，我也很鄙視的！

我仲永不想做資優生，不想因爲才華洋溢，就汲汲名利，考私中，進台大，去哈佛，做總統！弄得民不聊生，禍害千年！唸私中，就有比較高人一等嗎？我這樣做有錯嗎？值得你王安石這樣誹謗我嗎？

心經上說，無智亦無得，才能度一切苦厄！我還是去找陶淵明，跟他採菊東籬下，悠然見南山，過我逍遙日子吧！不管是不是才華洋溢，功名利祿，最後都是歸於塵土！

這些假造的資優生，補習班補出來的資優生，驕傲的知識分子，自以爲是，就讓他們去自我感覺良好吧！只是肥了一些考資優生，考私中的補習班而已！

請貴先生一定要爲我披露，以正人心。

敬頌

教祺

仲永敬上

31.河童橋上的彩虹

我第一次注意到她，是安親班在麥當勞辦母親節活動時候。那時候，她總是一頭金色閃閃的長頭髮，綁者馬尾，有點像九把刀的沈佳宜。

她總是挨著主辦人旁邊，點餐，發贈品，處理餐點，幫忙招呼家長或小朋友，忙裡忙外，像是紅樓夢裡的王熙鳳，總會讓我不得不去注意到這個人。

在幾次不經意地聊天，我大概對這個人有點認識，她才畢業沒幾年，現在還不是正職員工，只是計時的工讀生，薪水和正職差很多，所以她很拚，又勤勞，又任怨，服務客人禮數也夠。她說她想拚正職，但是還要經過好多關。人浮於事，言語中有一點小小的無奈。

最近，她把原先金色頭髮染回黑色，烏黑亮麗，依然綁著馬尾。她應該有160公分高，身材很好，偶爾她會戴上黑框的圓眼鏡，好好看，她算是美女一個。

她有著一張俊秀的瓜子臉，彎彎的眉毛像柳葉，水汪汪清澈的眼睛，有點丹鳳眼，是雙眼皮，配上黑長的眼睫毛，畫上現在流行的煙燻眼影，眼皮中，一層有一層的色澤和光彩，稚氣皎潔的臉龐，像是日本河童橋的清澈小溪，上面有著一座小橋，橋上掛著一道彩虹。……。

但願她的人生也像河童橋上的彩虹，擁有幸福人生。

國家圖書館出版品預行編目資料

僧盧聽雨／鄭華清著. --初版.--臺中市：白象文化事業有限公司，2022.12
面； 公分
ISBN 978-626-7151-86-0（平裝）

863.55 111010755

僧盧聽雨

作　　者　鄭華清
校　　對　鄭華清
發 行 人　張輝潭
出版發行　白象文化事業有限公司
412台中市大里區科技路1號8樓之2（台中軟體園區）
出版專線：（04）2496-5995　傳真：（04）2496-9901
401台中市東區和平街228巷44號（經銷部）
購書專線：（04）2220-8589　傳真：（04）2220-8505
專案主編　林榮威
出版編印　林榮威、陳逸儒、黃麗穎、水邊、陳媁婷、李婕
設計創意　張禮南、何佳諠
經紀企劃　張輝潭、徐錦淳、廖書湘
經銷推廣　李莉吟、莊博亞、劉育姍、林政泓
行銷宣傳　黃姿虹、沈若瑜
營運管理　林金郎、曾千熏
印　　刷　基盛印刷工場
初版一刷　2022年12月
定　　價　350元